日本人の質問

ドナルド・キーン

朝日文庫

本書は一九八三年六月、朝日新聞社より刊行されたものです。

日本人の質問●目次

日本人の質問

I

日本人の質問

［一九八二・一一―一二］

当惑――何たる好奇心

日本人は好奇心の旺盛《おうせい》な国民として世界中に知られている。これは決して新しい現象ではない。西洋人と初めて接触したころから、機会があれば必ず外国のことについてむやみに質問した。文化《ぶんか》八年（一八一一）にロシア海軍少佐ゴロウニンらが国後島《くなしりとう》で日本人に捕らえられ、投獄されたことがあるが、日本の役人は獄中のロシア人たちを間断なく尋問した。日本側はまた、彼らを利用してロシア語教育を始める考えもあったようだが、ゴロウニンは「われわれは死んでも日本人相手の教師になるつもりはなかった」と、後日、回想録の中で記した。明らかに日本人の質問攻めに弱っていた。

五十年近く経てから下田《しもだ》にアメリカの総領事館ができた。江戸幕府の隔離政策により、ハリス総領事と彼のオランダ語通訳のヒュースケンはそこで孤独の生活を強いられていたので、あるいは日本人の質問攻めを喜んだかも知れない。ある日、ヒュースケンが近くの武士の家を訪ねたところ、会話の途中で、その武士が目、鼻、口を指してオランダ語の名称をいちいち聞き、さらに突然素っ裸になって体のあらゆる所を指しては名称を尋ねたので、ヒュースケンは大いに当惑させられた。

日本人の排他的な面が時々指摘され、それについての不満を口にする外国人は後を絶たない。だが、日本人が文字通り排他的なら、これほど外国のことを知りたがるはずはない。

本物の国粋主義者なら、自国をよく知れば十分なので、他国の知識を蓄積してもためにならないと思うはずである。が、鎖国時代のかなり狂信的な国学者であった平田《ひらた》篤胤《あつたね》でさえ、「純正な日本の道を得ようと望む者は、すべての学問を身につけなければならないことは明らかである。それらの学問が外国のものであっても、それらの長所を選び、学びとるならば、御国《みくに》の用となるだろう。漢学はもちろん、インドやオランダの学問さえも、御国学《みくにまな》びと呼んでいっこうに差し支えないのである」と強調した。

日本人の知識欲は世界に類のないものである。日本の目覚ましい発達は、その知識欲と縁が深い。しかし、質問のお相手をさせられる外国人は、そのために疲れることがある。ゴロウニンではないが、「死んでも日本人相手の教師になりたくない」という不平を漏らしてしまう外国人も出てくる。

日本人がする質問はゴロウニンの時代と余り変わっていない。外国文学をよく読んだり、外国映画などをよく知っている人でも、外国人たちは多分自分らと根本的に違う人間だと思ったり、日本人同士の常識は外国人には通じないと考えたりしており、別世界である外国の実情を知ろうと質問を連発する。

長い間、日本人とつきあっていると、私もしばしば質問攻めに出くわす。しかし、よく考えてみると、日本人の質問には決まり切ったものが少なくない。そこで、よく尋ねられる質問を話の糸口にしながら、日本人について私が日ごろ思っていることを記してみたい。

日本語を勉強するようになった動機は何ですか

日本人も、外国人も、一番多く私に聞くことは、日本語を勉強した動機である。聞く側からみれば当然の質問であろうが、三十数年前から何千人にも聞かれたので、だんだん嫌になってきた。初めのうちはなるべく正直に答えようとしたが、同じことを何回も繰り返して言うと面白くなくなるので、答えにわざと味を付けるようになり、完全なウソを言ったりしたこともある。

外国人が日本語を勉強することは、果たしてそれほど不思議なことだろうか。エスキモー語や南米の山奥に住むインディオの言葉を勉強したとすれば、何かの説明が必要かも知れないが、一億人以上の人がいて、長い歴史や豊富な文学を誇る国の言語を覚えようとする人間がいても、それは驚くに当たらないと思う。

だから私は、このような質問に機嫌を損ね反撃してやろうと思ったことも度々《たびたび》ある。例えば、質問者が歯医者なら、「それじゃ、君はどういう動機で歯医者になったのかね」と聞き返したくなる。非常に機嫌が悪い場合、「よくも自分の指を人の口に入れるような職業を選んだね」と言いたくなることもある。歯医者に限らず、あらゆる職業の人に対する同じような皮肉な問い返しを考えたことがある。

しかし、冷静に考えると、国籍を問わず大勢の人が同じことを聞くのだから、私がやっていることはやはり変だと思うべきであろう。欧米人が私に聞いても深い意味はなさそうだが、日本人が自分らに負けないほど私が日本語を勉強したことを不思議がるのには何か意味があるのではなかろうか。

外国人が日本語を勉強する動機はさまざまある。最も理解しやすい(数からいうと最も多いかも知れない)動機は、日本人との結婚から始まる。配偶者の言葉を覚えたいという気持ちはいかにも自然であろう。

次に、特定の人間ではなく、日本という国を愛するから、という外国人も少なくない。自国の悪口を言いたがる日本人は、そういう外人に「日本のどこがそれほど好きなのか」と不思議そうに聞くことがあるが、好き嫌いの感情はもとより不可解なものであり、説明し切れない面がある。ともかく、一つの明白な事実として、外国人が日本を好きになって日本語を勉強することを認めてもいいだろう。

三番目の動機は、偶然としか言いようのない、運命のようなものである。私の場合も、運命が大きな役割を果たした。日米戦争が起こらなかったら、私は日本文学者になろうと思わなかっただろう。しかし、問題はそれだけではない。戦時中、米国海軍の日本語学校で習ったが、私と同時に日本語を覚えた連中の九割以上が、せっかく覚えた日本語を一日も早く忘れようとして、日本とは何の関係もない職業についていった。私の場合は日本語に何か自分にもよく分からない魅力を感じ、野球の選手になることを断念して(!)日本文学者になった。この動機は本当に不思議だろうか。

日本語はむずかしいでしょうね

日本語はむずかしい国語である。否定する日本人もいるだろうが、これは事実である。確かに日本の子供たちは自由にしゃべるし、また外国人でさえ日本語をわりと上手に話すようになった。が、日本語のむずかしさは、いくら反証を挙げても、確固たる事実であることには変わりがない。

私の知人で東京大学名誉教授がいるが、彼は、九歳から十一歳まで海外で生活したために、「一生涯、正しい日本語を自由に駆使できない」とこぼしていたことがある。現在、海外に駐在している商社マンが子供（特に息子）の教育をとても心配するのはそのためであろう。しかし、英語やフランス語を使う国民の場合、子供がどんなに長く海外にいたり、また海外の学校へ通ったりしていても、自国の言葉を忘れる恐れはなさそうである。中国人の場合も、華僑《かきょう》の子孫は、漢字を読めなくなっても中国語を忘れないようである。が、海外にいるために日本語をろくにしゃべることのできない日本人は毎年増え続けている。なぜだろうか。

私は言語学者ではないので、複雑な説明はできないが、海外在住の日本人の子供が日本語をしゃべることができないのは、日本語のむずかしさに帰すべき現象ではないか、とひそかに思っている。

十数年前のことになるが、日本人の友人が家族を連れてアメリカの大学へ赴任した。長女は日本を出発するまで動物の英語名を多少覚えたが、それ以外の英語の知識は皆無に等しく、アメリカに着いてから間もなく英語をだいぶ覚えたようである。私がその家庭を訪ねた時、彼女はお母さんに「アイ・ウォント……」と言って、ある物を欲しがった。「どうして英語を使っているの」と聞いたら、「早く欲しいものが手に入るから」と素直に答えた。なるほど、「何々が欲しい」というより「アイ・ウォント」の方が効果的かも知れない。そして、もう少し同じ論法を進めていったら、英語の場合は「欲しいです」「欲しゅうございます」などといった敬語を考えなくてもいい。また「何々を」「何々が」などテニヲハの問題もない。やはり日本語はむずかしい。

日本人でさえ日本語がむずかしいとすれば、外国人にとってはどんなにむずかしいだろう。私は四十年前から日本語を勉強してきたが、学会で「ございます」調で研究発表をする場合は確かにかなり疲れる。しかし、それよりも、友達同士で使うようなぞんざいな言葉遣いの方が苦手である。「キーンさんの日本語は丁寧すぎる」と文句を言う友人もいるが、無理もない。子供の時から弟や学友たちと日本語を話したわけではなく、初めて日本人の友達ができたのが三十一歳の時であった。だから、堅苦しい日本語を使う方が、私にとっては一番気楽なのである。何という逆説であろう。

しかし、日本語のむずかしさは、同時に日本語の魅力でもある。いずれそのうち同意語を統一したり敬語などを取り払った「基本的日本語」を発明しなければ、日本語は本当の国際語になれないだろう。だが、その基本的日本語にも、日本語固有のむずかしさを少し残しておいてもらいたい。

漢字でも仮名でも読めますか

昔の「異人」の多くは、日本語を覚えようとしなかった。必要に応じて単語を多少覚えたとしても、文法や正確な表現まで考えようとはしなかった。例外は無論あったが、一般的に欧米人は日本語に深入りしたら頭がおかしくなると思い、子供を日本の小学校に入学させることは稀《まれ》であった。数十年も日本で過ごした外国人でさえ、片言の日本語しかできないのが普通であった。私の知人の母親はやっとのことで日本語の名詞を少し覚えたが、動詞や接続詞などには最後まで関心を示さなかった。東京の自宅で夕食を終えると、女中に「皿、さようなら」と言って、お皿を台所に下げさせたそうである。これは極端な例であろうが、現在でも日本に駐在している外国人の大多数は、こと日本語の読み書きに関しては苦手であると考えられる。一時的にしか滞在しない人は、日本の文字を学ぶことは時間の浪費だと思い、いつも漢字や仮名《かな》に囲まれていても、好奇心さえ示さないようである。このような人はローマ字が書かれていない駅名や道標を見たら、憤慨して「日本は遅れている」と言うが、欧米の駅名に振り仮名がついていないことは当然のように思っている。

日本文学者である私の場合、逆のことで腹が立つことがある。私に名刺をくれる日本人の中には「申し訳ございません。英語の名刺がございません」と言う人もおり、「山田一郎」というような簡単な名前にローマ字または仮名をわざわざ付け足してくれる人もいる。東京の私の家に来る客の中には、現在でも、私の本棚に日本語の本があることに驚く人がいる。

鎖国時代の日本は、いくつもの壁に囲まれていた。壁の外にいた人たちはその中を覗《のぞ》くことができなかったので、「神秘な日本」という伝説が生まれた。初めのうち日本を神秘に思っていたのは外の人だけであったが、開国後の日本人も、いつの間にか自分の国の神秘さに気がついたようである。その後、開国という過程の中で、周囲の壁を一つずつ壊してしまったが、一つの壁だけ残し、それによって自分たちの神秘さを守った。その壁は、日本の文字であった。もちろん、これは故意につくった壁ではなかったが、一億人の日本人以外は「秘密文章」が読めず、解読される恐れがなかったので、一種の安心感があった。

ところが、私たちの世代になると、だんだんその秘密文章を読めるような外国人が現れてきた。漢字でも仮名でも読めるようになると、さまざまの秘密が海外へ流れ出した。まず、日本に非常に優れた近代文学があるという秘密が漏れた。谷崎潤《たにざきじゅん》一郎《いちろう》、川端康成《かわばたやすなり》、太宰治《だざいおさむ》、三島由紀夫《みしまゆきお》らの大作家の名前が壁の外でも知られるようになった。歴史、政治、思想などの原典が外国語に訳されるに従って壁が崩れかけた。

漢字と仮名でできた壁があるから安心感を抱く日本人はまだ少なくないが、これからの日本人のだいじな仕事は、壁を完全に崩して、日本語を国際語にすることではないか、とひそかに思っている。

俳句を理解できますか

コロンビア大学の私の研究室を訪問する日本人の多くは、一応、日本文学を専攻する学生の数を聞き、さらに日本文学を勉強する動機を突きとめてから、おきまりのように、「俳句《はいく》を理解できますか」と、けげんな顔をして尋ねる。訪問客を安心させようと思う場合、私はあきらめた表情をつくりながら、「無理ですね。日本で生まれていなければ、俳句を理解できるはずはありません」と答える。そうすると、日本の客はいかにもうれしそうに「そうでしょうね」と相《あい》づちを打つ。

しかし、私が意地悪く、「もちろん分かっています。俳句なんて、それほど理解しにくいものではありません」と答えたら、訪問客は喜ぶどころか、興ざめ顔をして、話題を変える。外人でも俳句を理解できる世の中になったとすれば、何のために日本で生まれたか分からない、と言わんばかりの表情である。もし私が皮肉な口調で「日本人は俳句を理解できますか」と言い返したら、訪問客は笑うか、それとも非常に嫌がるだろう。

常識的に考えると、俳句は日本人にとってもわかりにくいものである。分かりやすい俳句もあるが、そういう句は余り高く評価されていない。「余情《よじょう》の文学」と言われている俳句に何か言葉で言い尽くせない意味が込められていなければ、十七字で伝えられることはひどく限られてくるだろう。芭蕉《ばしょう》の名句にさまざまな解釈のあることは、俳句のあいまいさ、分かりにくさを証明する。

「外人は俳句を理解できますか」と聞くような日本人は、自分は外国文学をよく理解しているが、外人は日本文学の粋《すい》を理解できないと信じているようである。人を見ることができても、自分は見られないというような隠《かく》れ蓑《みの》は便利なものであろうが、こちら側としては見えない人との付き合いは厄介だ。

研究室の訪問客にもう一つの種類がいる。本棚に並んでいる数々の俳句関係の本を見て「恥ずかしい」と言う日本人が珍しくないのだ。言うまでもなく、「恥ずかしい」という発言は、外国の大学の研究室にみっともない日本語の本が置かれていることを恥ずかしいと思っているからではなく、自分が読んだこともない、または読みたくないような日本文学の本が外人に読まれているという意味からである。日本の文化は「恥の文化」とも言われてきたが、日本文学を三十数年前から勉強してきた私が、日本人の地質学者や電気工学者よりも日本文学をよく知っていることが、果たして日本人の恥になるだろうか。本当にそんなことを恥ずかしく思う地質学者がいるとしたら、彼は地質学を全然知らない私に対して、逆に威張ってもよいはずだ。

明治以前から日本人は西洋のすべてを吸収することに営々と努力してきたが、西洋に対して日本文化の理解を広める努力を惜しんだようである。日本人はフジヤマ、ゲイシャ・ガールしか知らない外人をばかにするが、外人向けの日本案内書を作る時、とかく富士山をバックにした芸者の写真で表紙を飾りたがる。また、「横浜」を正しく発音できる外人にも、ヨコハーマという発音を教えたりする。これでは日本人は俳句はおろか、どんな日本文化も理解されたくないのではないか――と外人が思っても仕方がないのではないか。

トロロやコンニャクをどう訳しますか

トロロやコンニャクも確かに日本独特のものである。和英辞書を引いたら一応英訳が載っているが、私は英訳を見ても何のことかさっぱり分からない。コンニャクは a devil's tongue となっているが、「鬼の舌」とはどんなものだろう。私の好物である紫蘇《しそ》は beefsteak plant だそうだが、あの青い涼しい味の葉っぱは、血なまぐさいステーキとどういう関係があるのだろうか。蓼《たで》が本当に polygonum なら蓼食う虫の心理がますます分からなくなる。

食べ物だけではない。秋の七草《ななくさ》に美しい英名のあるものは一つもない。学名も皆汚く、「ふじばかま」や「おみなえし」のようなかわいい花よりも、何か恐ろしい病気を思わせる。

それならトロロやコンニャクをどう訳すかが問題になる。翻訳の経験者として、もし若い世代の人から相談を受けたら、トロロやコンニャクが重大な役目を果たすような作品の翻訳は避けた方がよい、としか言えない。トロロを食べる場面が中心になっている日本近代小説はなさそうであるが、俳句や川柳《せんりゅう》にはあるだろう。私が太宰治の『人間失格《にんげんしっかく》』の英訳をやった時、主人公が友人の家で汁粉《しるこ》を食べるくだりをとばすわけにいかず、かといって脚註で汁粉のことを説明しても少しもおいしく感じないだろうと思い、汁粉と餅《もち》を思い切って西洋人にもなじみのある食べ物（ゼリーと果物）に変えた。

日本の衣類の翻訳もなかなか厄介なものである。袴《はかま》はズボンとして訳した方がよいか、それともスカートの方がよいか。それともパンタロン？

足袋《たび》も靴下と違うし、また洋服の袖《そで》しか知らない外国人の読者は、袂《たもと》に物を入れるのを想像できない。「ふところ」も翻訳しにくい言葉で、ポケットになりがちである。

以上の例は氷山の一角に過ぎない。日本語の表現のうまさを他国語で十分伝えられるとしたら、むしろ例外的な現象であろう。しかし、外国文学の和訳にも全く同じ問題がある。原文で読める人なら何よりだが、一九八二年度ノーベル賞のガルシア・マルケスの小説をスペイン語で読める日本人は限られており、その前年にノーベル賞を受賞したカネッティのドイツ語や、ソルジェニーツィンのロシア語を自由に読める人も至って少ない。われわれは皆、翻訳者のお世話になっている。誤訳の一つもない、完璧《かんぺき》な翻訳はまずないだろうが、仮に誤訳が多少あっても、トロロの濃度やコンニャク独特の味が翻訳に十分伝わっていなくても、日本文学の外国語訳には十分な存在理由があるのだから、翻訳の物足りなさよりも貢献度を考えた方がいいのではないかと思う。

外国文学を読む楽しみの一つは、自国の国民と違う生活を営んでいる外国人を知ることであろうが、異国趣味はもとより根強いものではない。結局のところ、人間をより深く理解するために外国文学を読むのだと思う。日本文学についてそのような理解に達した場合、もうトロロもコンニャクもどうでもいいだろう。

初めて日本に来たころ、一番驚いたのは何ですか

初めて私が日本に滞在するようになったのは昭和二十八年（一九五三）のことである。海外で日本語を覚え、日本文学の研究を何年もやってきたので、多くの観光客と違い、かなりの予備知識があり、簡単に驚くようなことはなかった。しかし、京都についた最初の晩、友人に案内してもらい先斗町《ぽんとちょう》を歩いた時、本当に驚いた。当時の先斗町には現在見られるような醜い近代建築はなく、細い通りの両側にある木造建築は美しく統一されていて、軒からぶら下がっている提灯《ちょうちん》の柔らかい光が先斗町を歩いている舞妓《まいこ》たちの帯の金糸《きんし》を照らしていた。幻想的な世界に入ったような気持ちで私は見とれていた。

当時の私はなるべく日本人と変わらない生活様式をまねしようとした。人の家でふろに入る場合、どんなに熱くても絶対水を足さなかった。どうしても入れないような熱さの場合、適当にふろに入った音を立て、後で「とてもよいお湯でした」と言うことにしていたが、私の次にふろに入った人は、熱さに対する外人の忍耐力に感心したらしい。しかし、この話は、私が驚いたというよりは、日本人の方が驚い

たことかも知れない。

私はむしろ寒さに対する日本人の無関心さに驚いた。京都の冬は決して暖かくないが、障子《しょうじ》はすき間だらけで、ふだん家の中は外よりも寒かった。日本人の足は特に寒さに強かったようである。寺院の見物の時、靴を脱いで冷たい板の上を踏むと、私は体がふるえるほど冷えたが、日本人は平気らしく、げたをはく若い人たちは、はだしでも寒さを感じないように見えた。

日常生活の日本語にも驚くことがあった。日本語を知っているという自信はあったが、初めのうちは京都弁に困り、慣れるに従って面白いと思うようになった。女性が「お豆さん」と言うと、何となく奥ゆかしく聞こえたし、泥棒のことを「お泥さん」と言うのも魅力的であった。が、一番驚いたのは、このような京都弁ではなく、日本全国で通じている「失礼いたしました」という言い方であった。実際に失礼した時以外にも、あらゆる場合に使える表現らしい。私の知人で、どうしても日本語を覚えられない外国人の婦人がいたが、「先日はどうも失礼いたしました」だけで大抵の用事を済ませ、日本語が流暢《りゅうちょう》だとほめられたぐらいである。

しかし、何よりも驚いたのは、自分が日本の生活に余り驚かなかったことである。初めて日本人の家に暮らしてから、あらゆることにすぐ慣れた。ベッドの代わりに布団《ふとん》を敷いて寝ることに何の違和感も覚えず、翌朝、布団を押し入れにしまった後、部屋が広々となったことを喜んだ。

そして日本人と親しくなり、アメリカ人ならよっぽどの友達でなければ語れないような悩みごとを、日本人の友人は率直に話してくれた。国が違っていても人間と人間の間に何の壁もないことが身にしみて分かったことも、確かに忘れられない驚きであった。

日本の生活を不便だと思いませんか

日本での私の生活を不便だと思い、同情してくれる日本人の思いやりは大変ありがたいが、正直に言って、私の生活はちっとも不便ではない。確かに近所では自分のいるもの（例えば英文タイプライター用紙）を買えないが、それは東京でも外国人がほとんどいない界隈《かいわい》に住んでいるからであり、どうしてもすぐ近くでタイプライター用紙などを買いたければ、外国人の多い六本木《ろっぽんぎ》や青山《あおやま》へ移ればいいだろう。

三十年前に京都に留学していたころは、舶来品は容易に手に入れることができなかった。インスタントコーヒーはどこにもなく、自分が使う安全カミソリの刃がなかなか買えなかったが、そのために困ったと言えばうそになる。もともと私はむずかしい人間でないのかもしれない。

当時、ある留学生の細君はアメリカの特定の缶詰でなければ安心できないと言って日本の缶詰を買わず、一年間も京都に滞在していて一度も日本食を食べなかった。人の食生活についてうんぬんすることはよくないと思うが、京都のおいしい食べものを試さないでもっぱらアメリカの缶詰を買いあさることは私には理解できないことだったので、機会あるごとにその人の悪口を言うことにしていた。

現在の日本に駐在している外国人は何の不便も感じないと思うが、むしろ一部の日本人の方が自国で不便を感じているのかも知れない。海外で広い一軒家を借りて生活していた日本人にとっては、東京の3DKはなかなか落ち着かないだろう。東南アジアで数人の女中や召し使いに家事を手伝ってもらっていた日本人の奥さんは、召し使いが伝説的な存在になっている日本へ戻って、相当の不便を感じるはずである。物質的な面だけではない。海外で教育を受けた子供たちは、日本へ帰ってからなかなか友達ができないということを何回も聞いたことがある。

外国で一軒家に住んでいた日本人が、狭いウサギ小屋では落ち着けないのに、同じような広い家に住んでいた外国人が、ウサギ小屋の中でうれしそうにピョンピョンはね回るのはどういうわけだろう、と不思議がる日本人もいるが、そこには何の不思議もない。日本の狭い住宅で暮らしている外国人は、一時的に「家ごっこ」をしているからだ。が、いつまでも家ごっこをするのは決して楽しくない。

似たような話だが、フランスでかなり長く生活していた日本人のある知人は、東京の電車に乗っている人の多くが足を広げて腰をかけるので、窮屈で不愉快だと思っている。だが、フランスで気に入らない習慣にぶつかっても、いずれそのうち日本へ帰るから、と自分に言いきかせることができるのに、日本人ゆえに、日本に気に入らない習慣があっても、日本以外に帰る場所がない。

日本に滞在している外国人はたいして不便を感じていないはずなので、日本での生活を不便だと嘆く外国人の声を聞いても、私は涙を流すことは少ない。むしろ何かの理由で日本社会にうまく溶け込めない日本人の方が同情に値するだろう。

お刺し身を召し上がりますか

私のことについて知りたがる大部分の日本人は、私が刺し身を食べられるかどうかに関心があるらしい。東京のタクシーの運転手に行き先を簡単に告げると、無口な人はだまってハンドルを握っているだけだが、もう少し好奇心を抱いている人は、私の国について一応聞いてから、前置きに余り時間をかけないで、私が刺し身を食べるかどうかを尋ねる。言うまでもなく、刺し身が大好物であると誠意を込めて答えても、運転手はただうなずくだけで、私をすし屋へ招待してくれはしないだろう。

運転手に限らず、あらゆる職業の日本人が同じことを知りたがるようである。最近、私はある港町で講演をさせられたが、講演の直前にもう一度、自分のノートに目を通したいと思っていた時、講演会の主催者たちが入り代わり立ち代わり講師控室を訪ね、表現は多少違っていたものの、それぞれ私が刺し身を食うかどうかという「重大問題」について質問し続けた。

日本人の多くが、どうしてそれほど私の食生活の一面に興味があるのだろうか。多分、私から刺し身を食べないという返事を期待しているからであろう。しかし、そのようなつまらない知識で自分の先入観を積み増していくのは異常ではないか。もし日本人が、初めて会った数人の外国人に代わるがわる「羊肉を食べますか。匂《にお》いの強いチーズは平気ですか。生のカキやハマグリを何とも思わないで食べられますか」と尋ねられたら、しまいに堪忍袋の緒が切れるのではないかと思う。

日本人でも刺し身を食べない人がいるのに、私に「お刺し身は無理でしょうね」と尋ねる人は、変な日本人の方には関心を持たないようである。それどころか、自分の口に合わない食べ物を「日本人の口には合わない」と簡単に片付けることによって、すべての日本人をつなぐ同志意識を楽しんでいるようである。

そのような態度の根底には、日本について「類《るい》のなさ」という観念が潜んでいるのではなかろうか。もし日本の探検隊が南米のジャングルで生の魚や漬物を食べる民族に出会ったら、どんなに当惑するだろう。

二十数年前に京都の私の下宿で、中国人の友人の訪問を受けたことがある。夕食の時間だったので、一緒に食事することをすすめた。他の食べ物はおいしそうに食べてくれたが、お刺し身だけは箸《はし》をつけなかった。しかし、これも彼に対する教育の一部だと思い、私は刺し身を強制的に食べさせた。嫌な顔をしていた彼は、食べ終えてから「醬油《しょうゆ》以外、何の味もしない」と断言した。

中国人の味覚はよく発達しているが、刺し身のおいしさが分からなかったことは確かである。刺し身の味は、あるいは日本人と西洋人にしか分からないものかも知れない。私に聞く代わりに、中国人に「お刺し身を召し上がりますか」と尋ねてみたら、もっと面白い返事がかえってくるだろう。

どうしても食べられないものがありますか

あまりうるさく「食べられないものはないか」と聞かれたら、「人肉が余り好きではない」とか「ワニの卵が嫌いです」と言いたくなる時があるが、日本人はまじめな国民であるから、このような返事をしたら相当敬遠されるだろう。逆に、伊勢《いせ》エビやマツタケが嫌いだと答えたら、どうかしていると思われるだろう。

谷崎潤一郎先生は、どういうわけか私がウナギを食べられないと思ったらしく、熱海《あたみ》のお宅へ呼ばれても、晩の献立《こんだて》には決してウナギは入っていなかった。こちらがいただくごちそうをとやかく言うことは失礼に当たるので黙っていたが、もし「キーンさんはウナギが嫌いだったね」と聞かれたら、「いいえ、大好きでございます」と答えた方がよかったかどうか。

谷崎先生は中国に滞在しておられた時、きっといろいろな不思議な食べ物を召し上がったと思われる。生きた猿の脳みそまで召し上がったかどうか不明であるが、クマの手のひらや料理した子犬を召し上がったとしても驚くに足りない。アラブ諸国を旅行する日本人は、だいじな賓客として羊の目玉をあてがわれると、たいてい否応《いやおう》無しに食べている。こう考えると、日本で、外人がウナギや刺し身や納豆《なっとう》を食べられるだろうかと神経を使うことは、杞憂《きゆう》に過ぎないのではなかろうか。口に合わないものを外国人に食べさせたくないと思うのは、日本人の親切心のあらわれと思われるが、その裏には「日本の特殊性」という意識が潜在している。世界各国との友好関係を推進する日本人の中にも、日本はあらゆる外国と比較して基本的に違うと信じている人がいる。外国人と共通な面よりも異なる面に関心を示して、その相違を強調する。

確かに相違は、共通点よりも面白い。もし日本人に、魚は生のまま食べて逆に果物を必ず焼いて食べるという習慣があったとしたら、まさに欧米人の逆になるので、どんなに面白いだろう。日本のすべてが西洋を逆《さか》さまにしていると書きたがる旅行者は現在でもいるし、一方で日本の特殊性を喜ぶ日本人も少なくない。

日本文学の特殊性が、私の生涯の仕事は、まさにそれとは反対の方向にある。日本文学の特殊性――俳句のような短詩形や幽玄《ゆうげん》、「もののあはれ」等の特徴を十分に意識しているつもりだが、その中に何かの普遍性を感じなかったら、欧米人の心に訴えることができないと思っているので、いつも「特殊性の中にある普遍性」を探求している。

日本文学の特殊性は決して否定できない。他国の文学と変わらなかったら、翻訳する価値がないだろう。日本料理についても同じことが言える。中華料理や洋食と違うからこそ、海外において日本料理屋がはやっている。が、いくら珍しくても、万人《ばんにん》の口に合うようなおいしさがなければ、長く流行しない。納豆、このわた、鮒《ふな》鮨《ずし》などは日本料理の粋かも知れないが、日本料理はおいしいと言う時、もっと普遍性のある食べ物を指している。

日本のどこが一番好きですか

「私の一番好きな町は京都です」と日本人に言うと、「なるほど、外人は皆、京都、奈良《なら》が好きですね」と、素《そ》っ気《け》ない反応が返ってくる。とかく外人さんはスキ焼きやテンプラを喜ぶものだが、風物の方も日本人にとってはありふれた感じのする京都や奈良が好きなんだな、と言わんばかりである。

外国人は日本人に尊敬されたいと思ったら、もっと珍しい地方を挙げなければならない。ところが、「長崎《ながさき》」と答えたら、今度は「なるほど、出島《でじま》の時代から長崎は外人とはなじみが深い町ですね」と言うだろうし、「松江《まつえ》」と言ったら、「なるほど、小泉八雲《こいずみやくも》が住んだ町だ」という応答が予想される。

しかし、考えてみると、外国人と全く関係のない日本の都市は至って少ないだろう。よっぽど公害がひどい町でもなければ、日本人は「なるほど」と相づちを打つに決まっている。

そういうわけで、私は軽蔑《けいべつ》されるのを覚悟して、思い切って京都が一番好きだと言うことにした。京都のどこに惹かれているかと聞かれたら、まず第一に、周囲の山が非常に魅力的であることを挙げたい。私は今までいろんな町で生活してきたが、いつも、どこからでも山が見える町は京都だけである。強い風が吹く日曜の朝などは、現在の東京の住居からも富士山が煙突と煙突との間に見られるが、ふだんは山らしいものはどこにも見えず、灰色の風景が地平線のビルまで広がっているだけだ。東京には東京の良さがあるが、風景には感心しかねる。

次に、京都は散歩に向いていると申し上げたい。私は、ボールを打つ喜びを十分理解できず、特別に急いでいる時以外は走る気にもなれないため、とかく運動不足になりがちだが、歩くことだけは大好きだ。パリや京都のような町なら、朝から晩まで歩いても余り疲れない。東京で散歩する場合、あらかじめ上野《うえの》か新宿《しんじゅく》（ただし東口）のような場所を選ばなかったら、特徴のない近代都市か、その場末《ばすえ》に出会う可能性が高く、目を喜ばせてくれるものはまずない。京都の場合、まさしく逆の現象が見られる。

つまり、つまらない所をわざと選びさえしなければ、昔から残っているさまざまな商売の小さな店や、無名のお寺に隠れている歌人の墓や、忘れられたようなお寺の本堂で小さい千手観音《せんじゅかんのん》からとれて落ちてしまった手を何本も載せて置いてある皿（誰もオミヤゲがわりに一本持ち去ったりしていなかった）などを発見できることもある。人間が建てた店や寺や神社に飽きても、山がほど近くにあって私を楽しませてくれる。

京の四季では、やはり冬が一番気に入っている。年末の店には正月を迎えようとする華やかさが感じられ、冷たい風や、京都の名物である底冷えを忘れさせてくれる。南座《みなみざ》の前を飾っている歌舞伎《かぶき》役者の名前を書いた招き看板や幟《のぼり》や酒樽も、顔見《かおみ》世《せ》の楽しさを伝える。日本人の多くはお正月の準備などで忙しく、とても京都見物はできないので、自分ひとり三十三間堂《さんじゅうさんげんどう》で千体の仏像をゆっくり眺められるのも、この季節に限る。

いかにも外人らしい好みだと笑われようと、もうためらう必要はない。私は京都が一番好きである。

日本の女性をどう思いますか

三十年ほど前、私が京都に留学したころ、日本人の一部は日本文化に自信をなくしたように見えた。が、どんなに日本の将来について悲観しても、少なくとも一つの誇りがあった。それは、女性である。日本の女性のよさは蝶々《ちょうちょう》夫人の昔から欧米で広く知られ、外国人に「日本の女性をどう思いますか」と聞く日本人は、「駄目だ」というような返事が返ってくるのを予想していなかった。それどころか、「日本の桜をどう思いますか」とよく似た調子の紋切り型の質問であった。

当時、私は日本のいろいろな地方に留学している外国人をゲストに招いたラジオ番組に参加した（私は京阪《けいはん》地区代表として大阪のスタジオに出向いた）。大阪にいるアナウンサーが質問すると、仙台《せんだい》や福岡《ふくおか》などにいる外国人が返事をした。放送時間を待っている間、何気なくテーブルの上に置いてある放送台本を開けてみた。アナウンサーの質問とわれわれ外国人から予想される返事が詳しく書いてあった。「日本の女性をどう思いますか」という質問は冒頭に出ていたが、予想されたわれわれの返事は蝶々夫人を思い出させるものばかりであった。「献身的で、没我的である」という台本の文句は、今でも私の頭に残っている。あまのじゃくである私は自分の番になると、日本の女性の明るさと楽観主義をほめたたえた。台本外の感想に困ったアナウンサーは、あわてて別の「代表」に助け舟を求めた。

当時の私たちに「日本の女性をどう思いますか」と聞いた日本人の中には、仲人《なこうど》になる野心を抱いている人もいたようである。私のアメリカ人の友人は何回も同じことを聞かれた揚げ句の果てに「まだ見たことがありません」と答え、相手の日本人をびっくりさせたことがある。

それから三十年もたち、六十歳になった私に「日本の女性をどう思いますか」と聞く人はもういなくなってしまった。仲人的関心がなくなったとも考えられるが、それだけではなかろう。あるいは、若い外国人にもそんなことはもう余り聞かなくなったのかも知れない。

三十年前、日本の女性について尋ねた日本人男性は、いうまでもなく当時、外国人に積極的に接近していたパンパン（売春婦）のことを念頭に置いたわけではなかった。むしろ、日本の男性の「秘宝」であり、文字通り「家内《かない》」または大和撫子《やまとなでしこ》的な女性、つまり「男性の理想」に適《かな》ってつくられた女性を指していた。今でもまだそういう女性はいることはいるが、最近は「女性の理想」に適うよう自らを形成した女性が多くなったように思われる。

「男性として最高の幸福は、日本人の妻をもらい、アメリカの家に住んで、中華料理を食べることである」というような言葉を三十五年前に聞いたことがある。つい先週、久しぶりにまた同じことを聞いたので、あるいはこの古くなった冗談の中に何かの真実があるのかも知れない。が、時の流れとともにあらゆるものが変わるので、男性の極楽《ごくらく》を味わいたい人は、少しお急ぎになった方がよいと思う。

日本人と中国人または韓国人の区別ができますか

戦時中、敵と味方を区別する目的で、あるアメリカの大衆雑誌に中国人と日本人の顔写真が載っていて、特徴の差異が指摘されていた。中国人の表情には優しさがあり、君子国《くんしこく》の長い伝統を反映しているようだったが、日本人の顔にはこわばった表情が浮かび、武士が戦場で敵に見せるような冷たさが表れていた。

同じころに「西洋文化から日本人が何を取り入れたか。中国人は何を取り入れたか」というテーマの宣伝映画ができあがった。それは、中国人は学問とスポーツを取り入れ（学生たちが本を抱えて学園を歩く場面と、野球の試合風景を見せていた)、日本人は西洋から大砲と軍艦の作り方を学んだ(陸海軍の激しい演習の場面)ことを強調していた。

あれから三十七、八年もたった今、戦時中の宣伝映画などを見ると、何となく恥ずかしくなる。雑誌の記事を書いた人や映画を作った人はもともと私と何の関係もなかったし、戦時中、そういう映画を見て笑った覚えがある。が、事実を意識的に狂わせた罪は許しがたい。優しい顔の日本人もいれば、怖い顔の中国人もいる。また、日本人が学問や野球を知らないわけでもない。先入観は厭《いと》うべきである。

しかし、元の質問に戻ると、顔だけを見て、日本人と中国人または韓国人の区別ができるだろうか。「できる」と答える外国人もいるが、私は信じない。日本人にも、それは至って困難であろう。衣類やゼスチャーなどによって見分けることはむずかしくないと思うが、それは顔とは直接の関係がない。たとえ顔が全然見えなくても、黒い帽子をかぶり、白い服装をした老人だったら、きっと韓国人であろう。袖を合わせてあいさつするような老人だったら、たぶん中国人であろう。ホテルのロビーでお辞儀したり名刺を交換したりする人たちは日本人だということが分かる。が、顔写真だけで分かるだろうか。

日本人が初めて中国人に対して敵意を抱いたのは日清《にっしん》戦争の時であっただろう。

この戦争を描いた当時の錦絵《にしきえ》を見ると、そこに描かれている日本人と中国人は全然違う人種に見える。中国人の辮髪《べんぱつ》は大きな特徴であるが、顔全体はグロテスクなものであり、激しい合戦の真っ最中でも尊厳を保つ日本人と著しい対照をなしている。表情だけではない。錦絵に登場する中国人の目はななめの割れ目に過ぎず、大きくあいている口には牙《きば》が見られる。「黄禍《こうか》」を恐れた西洋人でさえこれほど醜い東洋人の顔は想像できなかっただろう。

日清戦争の錦絵の不快さは、太平洋戦争中のアメリカの雑誌記事の不快さとよく似ており、戦争そのものの醜さを反映している。が、それだけではない。他国の民族の顔に特別な関心を示す場合、とかく安っぽい、漫画的な観念が起こりやすい。人類にさまざまの顔があることは面白いが、顔と国籍、顔と文化水準には必然的な関係は何もない。

日本人と中国人、日本人と韓国人の区別ができないと言う日本人に、私は脱帽する。

日本文化全体の起源は中国だと思いませんか

日中関係の催しに出席すると、きまって二、三人の日本人が「日本文化全体の起源は中国である」というようなことを、あたかも何かの罪を告白するかのような調子で述べる。その折、そばに立っている中国人はにこやかな顔つきで聞き、反対しない。

確かに中国は文字の国であり、儒教《じゅきょう》や仏教を日本に送り出した国でもある。また、醤油《しょうゆ》や豆腐の国でもあり、日本文学が文学らしくなったのも、中国文学のおかげである。日本文化の起源は中国であると言っても、無理はなかろう。

問題は「全体」という表現だけである。私がアメリカで日本文化の特徴というような演題で話す場合、聴衆の中に中国服を着た女性がいることがある。彼女は質疑応答の時にきまって手をあげ、「日本文化は中国文化のまねに過ぎないと思いませんか」と聞く。私は日本文化の独特の魅力を口がすっぱくなるほど唱えた直後であるから、講師としては喜ぶべき質問ではない。

しかし、その中国人がそう思い込んでも仕方がない。長い間、英国人もアメリカ文化について同じようなことを考えていた。つまり、アメリカにあるものが英国のものに似ていると、それは亜流に過ぎないと思い、英国のものに似ていないと、それは間違っているからだと思っていたのだ。

日本にもアメリカにも自らの文化的劣等性を認めるばかりでなく、マゾヒズムに近い心境でそれを公言する人がかなりいる。荻生徂徠《おぎゆうそらい》は優れた学者であったが、すすんで「東夷《とうい》」を自称した。二十世紀の傑出した詩人T・S・エリオットの祖先は二百五十年前に英国からアメリカへ渡り、従って自身も米中西部に生まれたが、伝統のないアメリカより英国を故郷と思い、とうとう英国に帰化した。その後、彼は英国人よりももっと英国人らしい宗教観や政治観を主張するようになった。

良い意味でも悪い意味でもアメリカ的なものがあるように、中国の影響の賜物《たまもの》としては解釈できないような、極めて日本的なものもある。

先日、備前《びぜん》、伊賀《いが》、信楽《しがらき》の古陶展覧会を見て、不意に二十八年前のことを思い出した。当時、芭蕉の足跡をたどって伊賀上野《いがうえの》へ行き、芭蕉の伝記を書いた年老いた陶工に会った。おみやげに彼が作った鉢と花瓶をもらったが、中国の陶器（特に宋《そう》時代のもの）にほれ込んでいた私は伊賀焼の美しさを理解できず、その花瓶を友人にあげてしまった。だが、それ以来、伊賀焼や備前焼などを見る機会が多くなるにつれ、いつの間にかその良さが理解できるようになった。

しかし、言うまでもないことだが、極めて日本的な陶器を愛することができたといって、宋時代のものを見くびるようなことはよくない。『源氏物語《げんじものがたり》』を読んでいる時、中国のどんな長編小説よりも何百年も前に書かれたものだという点にこだわる必要もないし、能《のう》や近松門左衛門《ちかまつもんざえもん》の浄瑠璃《じょうるり》が中国の演劇と全然違うということで優越感を覚える理由もない。

逆に中国の影響をたっぷり受けた文人画や欧米の影響を同じ程度受けた現代絵画でも、それが優れているのは、先進国の影響を十分消化した画家の手腕によるものであり、優れていない場合は、まだ十分消化していないことを物語っている。他国の影響をうまく消化しながら、各国の文化は進んできたのである。

日本文化は世界にただ一つしかないユニークなものだと思いませんか

「日本文化は世界にたぐいのないものと思いますか」と尋ねられたら、「はい」と素直に答えた方が無難である。

数日前に、生まれて初めて日本を訪問した英国の若いジャーナリストに会ったが、一カ月半ほどの滞在が終わることになってようやく日本を少し理解できるようになった、と語っていた。約三十年前から日米間を行ったり来たりしている私は、初めて日本を訪問する外人にとって日本がどれほど不可解な国なのかということを忘れがちだが、彼の話を聞きながら、うなずくことが何回もあった。

彼が何よりも強く感じたのは、日本では個人より集団の方が大切であるということである。私はこのような一般論を聞くと、何となく反論したくなる。明治以来の日本文学は「個人」を発見する過程を描写するものではないか。明治以前にも日本に「奇人」の伝統がなかっただろうか。日本で最も広く尊敬されている人は皆、個性の強い人間ではないか。また、私の日本の友人たちはそれぞれ違った性格の持主である。ともかく、私は知り合った人の名前を覚えると、もう集団の一員だとは思わなくなる。

しかし、日本の社会の一番の特徴は、個人よりも集団を大切にすることだという結論に到達した英国の若いジャーナリストはたいへん頭がよく、日本文化をなるべく正しく理解しようとした。しかも、その結論に同調する日本人もいるだろう。その説が本当だとすれば、戦後の日本の目覚ましい発展を集団性に帰する評論家たちの意見を裏付けることになるが、私は集団説を信じたくない。

集団説は、この英国人のように初めて日本人と交際する欧米人が一種の違和感を覚える原因にもなる。集団との付き合いには人間味が少ないからだ。無論、私は奇人ぶった個性を嫌うし、自分は他人と違うと言う人の動機を疑うことがある。が、日本文化が世界にユニークなものであるという意味が、日本には個人がないということなら、悲しむべき現象である。

戦前や戦時中に発行された日本の書物には「日本精神」という言葉がよく使われた。当時、私は米軍の一員として、戦場で拾った日本軍のさまざまな書類の翻訳をやっていたが、時々「精神」の問題で頭を悩ますことがあった。アメリカにも精神があるだろうか、あるとすれば、自分も持っているだろうか、等々。現在、そのころの自分の悩みを思い出すと、日本精神という言葉を嫌い、恐れていたのは、集団性を帯びていたからだ。それは玉砕《ぎょくさい》の精神であった。

国際相互理解は立派な理想であるが、国と国という顔のない者同士の付き合いには何の魅力もなかろう。ところが、日本文化は世界にただ一つしかないものだと言うような日本人は、集団性を頭に置いていないだろう。もっと神秘な面を思い描いているらしい。

私は日本文化のユニークさを信じる。文学にしても美術にしても日常生活にしても、何か他の国にない貴重なものを感じる。しかし、それは日本精神と関係がないだろう。精神や集団性は、非常時には大きな役割を果たすだろうが、日本文化を特徴づけるのはあくまでも個人だと思いたい。

外国にも義理人情はありますか

終戦直後、アメリカの文化人類学者ルース・ベネディクトが『菊《きく》と刀《かたな》』という画期的な日本人論を発表し、日本の学界でも大きな話題となった。日本について予備知識がほとんどなかったベネディクト女史は、在米日系人に日本の社会についていろいろ尋ね、その結果、日本人の行動形態を左右する主要な観念として義理と人情を挙げた。無論、それ以前から「義理と人情」の社会的機能の重要性を認めた日本人学者は少なくなかった。それどころか、近松門左衛門は義理人情を扱った劇作家として知られていた。が、外国人の学者がそういう日本人の特徴を指摘したことにショックを受けた日本人はかなりいて、ベネディクト説に数々のケチをつける学者もいたが、その先駆的な意義は否定できない。

義理人情が封建時代の日本で特殊な役割を演じたことは認めるとしても、現代の日本には存在していない——と主張する学者がいるが、どの社会にも義理や人情に近いような観念があるはずである。源了圓《みなもとりようえん》教授は「暖かい義理」と「冷たい義理」を区別した。前者は万国共通の「感謝」という観念と密接な関係があるが、後者は徳川時代後期の戯曲に現れ、どちらかと言えば非人間的な理想である。

近松が描いた義理も封建的なにおいがあるが、理解しにくいものではない。滋野井《しげのい》という乳母《うば》が、自分が仕えている城主に対する義理にからまれ、息子の三吉《さんきち》という少年馬子《まご》に再会しても母子と名乗りあえない場面があり、そこには現代日本ならありえない人工的なジレンマが見られる。が、これは今でも観客に涙を催させる温かい義理の一例である。

欧米文学にも義理と人情のような対立はたびたび描かれているが、「義理」という表現の代わりに「名誉」または「義務」と称されることが多い。敵の娘を愛する男は義務を考えて敵を殺すべきか、それとも娘さんへの愛を優先させて仕返しを見合わせるべきか、というようなテーマの作品は無数にある。

十八世紀のパロディーに、主人公が長靴《ちょうか》を片足だけ履き、義務を果たすためにもう片方も履いて戦場へ行くべきか、それとも人情を考えて履いてしまった片足も脱いで恋人のところへ行くべきか、といろいろと迷う話がある。こういうことが滑稽《こっけい》に見える外国人にとっては、日本の文学に描かれている「人情」は、義務よりも分かりにくいかも知れない。主人の令息を助けるために自分の息子を身代わりに殺すことは、欧米では言語道断な行為であるが、それなりに理解できる。しかし、紙屋《かみや》治兵衛《じへえ》のように妻や二人の子供を棄てて愛する女性と心中するなどということは、欧米人にとっては無責任に思われ、日本人のように同情できないかも知れない。

義理や人情は確かに外国にもあるが、国民性を理解するカギにはなっていない。人間を社会の中の存在として見たがる東洋と違い、西洋では人間と人間とのいきさつを重視するためではないかと説明する人もいるが、義理と人情は、同じ東洋でも中国文化を解くカギにはならない。やはり、日本は神秘的だ。そうでなければ、西洋が神秘的と言える。

外国人には日本人を理解してもらえないでしょうか

理解力の度合いを計量するような小型コンピュータがあったら、どんなに便利だろう。日本の文化を理解できると自負する外国人の頭にコンピュータを当てると、「はい、八三パーセントまで理解できているようだ。おめでとう」という少し金属的な声が聞こえる場合もあるし、または「残念、二八パーセントしか理解できていない」という声が聞こえることもあるだろう。私はコンピュータのことは詳しくないので、もうすでにそういう機械が存在しているのかも知れない。もしなければ、一日も早く発明してもらいたい。

理解度を測るような機械がない限り、「理解している」と言う人の発言を信じるのが一番無難であろう。

理解度を測る機械が発明されても、日本版と外国版という二つの系統のものが要るかも知れない。つまり、日本人の言う「理解」は欧米人の「理解」とは意味合いがかなり違う。「日本の良き理解者」と称されている外国人は、知日派とは異なり、必ずしも日本史や日本文学などを知っているとは言えないが、彼らは日本のあらゆる物事に賛成する。日本の現代文化についてさまざまの不満を感じる日本人でも、日本の現政権に強く反対するような日本人でも、「日本の良き理解者」の定義に関しては何も異論がないようである。

私は大体において誇りを持って「日本の理解者」と名乗っている。アメリカが牛肉やオレンジ等の輸入自由化を日本に要求すると、私はますます「良き理解者」になる。数年前に、ニューヨークの私の家の近くにある肉屋の主人から「牛肉が高くなったのは、日本人が大量に買い付けているからだ」という苦情を聞いたことがあるが、もし今以上に日本へ牛肉を輸出したら、アメリカの一般の市民は困るのではないかと思う。

しかしながら、こと捕鯨《ほげい》となると、もう「理解者」という私の美しい称号は剝奪《はくだつ》されてしまうだろう。終戦直後、留学した英国の大学の寮では食堂の献立に鯨肉《げいにく》料理が毎週のように出されていたが、食堂の入口であの独特のにおいがすると必ず逃げたものである。あのまずさは特別だった。しかし、仮に鯨肉がおいしいものであっても、ひどく食べ物に困っていない限り、鯨《くじら》を殺さない方がいいと思う。アメリカ文学の最大の傑作である『白鯨《はくげい》』を読んでから、鯨に対する尊敬の念にとらわれ、英国で鯨の肉のまずさと嫌なにおいを知ってから、食べることを遠慮してきた。しかし、こう告白すると、日本人から「われわれを理解しない」と非難の的にされかねない。

「すべてを理解できたら、すべてを許す」というフランス語の名言があるが、その通りである。芝居はともかく世の中に悪玉《あくだま》はそうたくさんいない。国の場合でも、理解しにくい行動の裏に大抵何かの必然性がある。

理解だが、すべてにおいて理解することは容易なわざではない。日本人が外国人に理解されたいと思ったら、外国人の理解を促進する努力を怠ってはいけないし、場合によっては、非難もまた正しい理解であると認めた方がよいのではないかと思う。

日本には何でもあるでしょう

現在の物の豊富さに感激するような日本人は、三十年前には外国から来た人に「日本には何もないでしょう?」と悲しそうな顔をしたかも知れない。当時、アメリカへ行ってきた日本人の多くはアメリカ人の生活の便利さに驚き、蛇口をひねるとお湯がすぐ流れるような家に住む国民が、七輪《しちりん》を使う国民に勝ったのは当然だと考えた。もう少し愛国的な日本人は、外国で当時の日本では見られないようなステーキをごちそうになっても、日本のお茶漬けの味の繊細さをほめることによって、外国人に負けないことを証明しようとした。

外国へ行くことが特殊な日本人に限られていた時代、外国帰りの果報者《かほうもの》が遠方の冒険の話をして、外遊できそうもない聴衆をうらやましがらせたが、現在の日本では外国へ行ったことのある人が全人口の三分の一ぐらいを占めているので、パリやロンドンの思い出話には魅力がなくなった。そればかりでなく、外国へ行きたがらない日本人が随分ふえた。職場の仲間がもう皆外国へ行ったので、自分も行かないと格好が悪いと思い、嫌々ながら安い航空券を買っては渡航する人も少なくない。また最近の現象で、外国の大学に何の関心もないのに、親の命令に従って留学するような日本青年も多くなったということである。何と悲しむべきことであろう。

自国を絶えずけなして、外国だけが人間にふさわしい生活ができる所であると言うような人物は、十九世紀のロシア文学などによく登場する。極端な場合、自国語であるロシア語を俗悪なものだと思い、上品なフランス語しかしゃべらない。その反対に外国から学ぶものは何もないという国粋主義者も、十九世紀以降の文学には珍しくない。両方が同じように間違っていると思われるが、どういうわけか後者の方が評判がよいようである。

三十年前と比べると、確かに現在の日本ではお金を出せば何でも買うことができる。そのころ、日本の友人にアメリカのおみやげとしてパイナップル一個をあげたことがあるが、彼は家族を集め、パイナップルを中央に置き、記念写真を撮った。しかし現在は、日本全国の果物屋にパイナップルはごろごろしている。

似た例は無数にあるが、仮に日本に外国の物が何でもあるといっても、東京のデパートで売っていない外国の物もまだいっぱいある。まず、外国の空を挙げたい。

紺碧《こんぺき》の秋空にそびえている北京故宮《ペキンこきゅう》の黄色い屋根瓦《がわら》を見て感激しない人がいるだろうか。北京の秋空や故宮の瓦をおみやげにすることは不可能だろうが、その眺めを体験することは値打ちがある。

外国の海にも、日本のデパートでは買えない美しさがある。サンゴ礁の海の色は忘れがたい。が、年をとるに従って、外国から一番もらいたい物は、もっと買いにくい物になる。それは、外国の友人である。舶来品をどんなにたくさん持っていても、外国の友人を持たない人は貧乏である。外国人を本当によく知ろうと思うなら、写真集は余り役に立たないし、六本木にたむろしている外国人も参考にならない。もし外国の空や海や人に興味がなければ、自国で満足してもいい。しかし、そうしたら、いずれそのうち後悔するだろう。

ニューヨークはとても怖いところだそうですね

ニューヨークで生まれ、十九歳までニューヨークで育った私は、ニューヨークは世界で最もいやな町であり、ニューヨーク以外の町ならどこでもいいから住んでみたい、と長いこと願っていた。三十二歳になって母校のコロンビア大学から就職の誘いがあったが、他の条件は良くても、ニューヨークへ帰ることに気が進まなかった。いろいろ迷った末、日本にもう一年留学することを条件に招聘《しょうへい》に応じた。

ところが、少年時代は全然楽しくなかったニューヨークが、三十三歳の大人にとっては実に面白いところであった。社交界で大勢の知人ができたが、それでも真の友達を見つけられなかったことは事実である。が、当時の私は花から花へ飛ぶハチのように、それぞれ違う蜜《みつ》の味を楽しんでいた。

その後、ニューヨークはだんだん汚くなり、物騒になった。原因はいろいろあるだろうが、黒人解放運動と密接な関係があったと私は思う。人種差別が厳しく禁じられたので、黒人の一部は大学へ進み、ニューヨークの文化教育施設を利用し、あらゆる職業についた。戦前のメトロポリタン・オペラの歌手には黒人は一人もおらず、聴衆にも黒人はいなかった。大リーグの選手にも黒人はいなくて、デパートや銀行の従業員にもいなかった。白人の居住地区に現れる黒人は女中か門番に決まっていた。が、私がニューヨークへ帰った一九五五年あたりから、黒人に対する不平等な待遇が禁止されたために事情がガラリと変わり、黒人が勤めていない銀行や出版社やデパートなどはまずなく、経済力さえあれば高級住宅地にも住めるようになった。

しかし、別の黒人たちは生活の条件がよくなるに従って、その時までたまっていた不満や憤慨を抑えられなくなり、暴力を行使するようになった。暴力の犠牲者は白人に限らず、むしろ黒人の方が多かった。欲求不満の捌《は》け口《ぐち》は無差別な暴力になりやすい。

毎年、半年以上を東京で生活してからニューヨークに戻ると、いつも非常にショックを受ける。地下鉄の汚さや暗い横町《よこちょう》の不安、店員の無愛想《ぶあいそう》などは、東京の生活と極端に違う。が、しばらく滞在すると、ニューヨークの面白さを感じ、改めて大変なところだと気がつく。

昔からニューヨークは「人種の坩堝《るつぼ》」といわれたが、そこは「人間の動物園」でもあって、あらゆる種類の人間が年中無休で見られる。私はニューヨークに不思議なエネルギーを感じ、町のどこかで何か新しいものが生まれつつあるという不透明な認識がある。この沸き立っている坩堝の中に未来が形成されている。美しい未来だとは言いにくいが、国境がなくなったような世界の中でヨーロッパ人、アジア人、アフリカ人が同居して、けんかし合ったり、愛し合ったりするような場所である。

ニューヨークは確かに物騒な所であり、日本の友人には夏休みを利用してニューヨークに滞在することはすすめないが、世界の未来の姿に興味のある人なら、ニューヨークで退屈することはないだろう。

いつお国へ帰りますか

毎年、日本に着くとすぐに「いつ帰りますか」とよく聞かれる。無論、私に早く日本を去ってもらいたいという意味ではないが、外国人は遅かれ早かれ日本を去るのが常識である。多くの場合、その常識は誤っていないが、昔から自国へ帰るより日本に残って客死《かくし》したがるような外国人も少なくない。日本人ほど「帰国」することにこだわらない。

日本語の「帰る」という動詞は、「戻る」とはかなりニュアンスが違う。私が「東京へ戻る」と言うとだれも驚かないが、「東京へ帰る」と言うと、日本人は当惑した表情を浮かべる。が、数秒後にその人は納得したように「なるほど、キーンさんの場合、帰ると言えるね」と笑う。特別扱いはありがたいが、その表現に腑《ふ》に落ちない何かがある。

あるいは私はアメリカ人であるから「同胞」と「外人」の区別について特に鈍感であるのかも知れない。アメリカ人は気に入った外国人に会うと、アメリカに永住するようにすすめがちであるが、私に日本に永住するようすすめてくれる日本人は極めて少ない。これは多分、私だけの問題ではなかろう。あるいは日本人は、昔の西洋崇拝の名残《なごり》があって、西洋人は日本のような不便な国には住みたがらないはずだと思っているのかも知れない。目鼻だちも日本人と違いどうしても日本の社会に溶け込めないため、外国人は自分に似た人間に囲まれて老後を送りたいのではないかと思う日本人もいるだろう。だが、そういう常識は通用しなくなっていると思う。

現在、世界のあらゆる国に日本人が暮らしている。その多くは、予定の滞在期間を終えたら一日も早く日本へ帰ることを望んでいる。が、親類や友人に会うために一時日本へ戻っても、その後、外国にある自分の住居へ帰るような日本人が年ごとに増えているそうである。

島崎藤村《しまざきとうそん》以後、海外に住む日本人の孤独を描いた小説は少なくないが、自分の意思で海外へ行きうまく生活している日本人をテーマにした小説は案外少ない。あるいは日本人の読者は、海外でうまく生活している日本人を信用せず、変人か、それとも裏切り者と思うのかも知れない。しかし、外国の風土や生活様式を喜ぶか嫌うかは本人の自由であり、他人が嘴《くちばし》を容《い》れることではなかろう。

東京に三年間留学した私の教え子が最近、ニューヨークに帰ってから手紙をくれ、

「全速力を出して石の壁にぶつかったような気がする」と、故郷への違和感を訴えてよこした。が、ニューヨークのがらんとした倉庫の中で絵を描いている日本人は、私の教え子が感じないようなニューヨークの面白さを感じていなかったら、きっと苦しい生活に我慢し切れなくなるだろう。

私の場合、日本に永住するかどうか未定である。仮に私が決心したとしても、入国管理局が認めなかったらどうにもならない。許可がおりたとしても、永住が「日本文化の理解」という私の生涯の仕事のためになることかどうか、ぜひ私の方から日本人に「質問」を向けてみたいところである。

日本人の投書

［一九八三・一・五］

まじめな　余りにまじめな

日本人の投書の最大の特徴はそのまじめさであろう。もちろん、「世界の中の日本・日本人」について投書する場合、ふざける人はいないが、内容が真剣であっても、もっと軽い調子で書けると思う。儒教の影響がまだ強いためか、投書を書く日本人の多くは、微笑もできないような顔つきで練りに練った感想を述べるらしい。それ自体は欠点ではないが、結果として投書欄に変化が乏しく、読み物としての楽しみが少なくなってしまう。

もう一つの特徴は、投書する日本人には知名度の高い人はほとんどいない。そういう人は感想を発表する場が他にもあるからで、当然だろうが、外国の一流新聞の投書欄には有名人が毎日のように投書して、自分の考えばかりでなく、自分の名前を使って説得をしようとする。あるいは、自分の声を聞かせる場が他にない主婦や無職の老人や中小企業の会社員などに投書欄を使わせるという日本の新聞の慣習の方が親切かも知れないが、日本の投書欄は海外の投書欄ほど重要視されていないので、無名の執筆者からどんなに優れた投書があっても、それが注目すべき人たちの目につかない恐れがある。

「世界の中の日本・日本人」というテーマで書かれた投書は、内容がそれぞれ違っているが、皆、極めてまじめで、日本人は国際相互理解のためにもっと努力しなければならないと主張している。外国人と仲良くしようという決心は私にとってはありがたいが、鎖国時代がかえって平和でよかったと力説する投書が一通ぐらいあったら、もっと面白かった。

外国人と仲良くする具体的な方法として、自分のできる小さな親切がよく取り上げられた。日本国内では道に迷っている外国人に英語で案内したり、海外ではその国の人たちの家族写真を撮ってやることも国際親善を促進する手段として指摘されている。逆に、日本語を使いたがる外国人の場合、仮にテニヲハの使い方が誤っていても、その人の日本語をばかにしないで寛大に扱った方が良い。賛成。また、日本人はアジア人としての認識をより深くし、アジア人をもっと知るべきだという論旨にも反対する人はいないだろう。

ところが、基本的な問題に触れる投書が案外少なかったように思われる。その一つは、日本人と外国人との国際結婚に対する一般人の態度を問題にしている。いくら国際親善またはアジア人同士のつながりをよくしようと思っている日本人でも、友達がタイ国人と結婚すると聞いたらまず賛成しないそうである。

反対する理由はいろいろあげられるが、結局、日本人の画一性に帰すべき現象であろう。しかし、よく考えてみると、これは日本が世界の中に進出してから初めて現れた傾向ではないだろう。同じ日本人同士でも、津軽藩と南部藩が仲が悪く「藩《はん》閥《ばつ》結婚」は少なかったそうだが、似た例は全国的にも多かった。旧幕の藩のことをやかましく言う日本人はだいぶ減ったが、外人との結婚となると、藩閥の思想がまだ健全に生きている。

それればかりではない。投書の大部分は、日本人が外国や外国人をもっと知るべきだと主張するが、日本をよりよく理解してもらう具体的方法に余り触れていない。別の言葉で言うと、外国人が日本を理解する可能性が少ないから、日本人が外国をもっと勉強しなければならないという印象を与える。

現に、先日、私が『朝日新聞』に連載した「日本人の質問」について、読者の一人である中学二年生が、「あなたは日本をまだ理解していない」という便りをよこし、日本を理解するために信頼できる本を推薦してくれた。が、四十年前から日本語や日本学を勉強してきた私がまだ理解していないのに、十四歳の中学生が理解しているのが事実だとすれば、国際相互理解は不可能かも知れない。

投書欄は「声なき声」を聞かせる広場である。しかし、もっと広い層の読者がこの機会を生かさなかったら、彼らの声は聞こえないまま永遠に消えるかも知れないので、より活発な参加と対話を望みたい。

入社の弁

［一九八二・一〇］

私は大学一年生のころ、大変困った体験があった。同級生たちは皆何かの職業を目標にして適当に科目を選んでいたが、私はすべての職業が嫌だったので、科目の選択は全く無意味であった。要するに、何にもなりたくなかった。「何でもいいから、職業を選んだ方がいい。職業を決めないと、お前は食えなくなるぞ」と父におどかされても、相変わらず迷い続けた。しかし、自分がおかしいとだんだん分かってきて、ある日、思い切って心理学の教授の研究室を訪ね、すべての職業を嫌う人間に何か望みがあるか、と尋ねてみた。

教授は私の話をまじめに最後まで聞いてくれたが、次のような返事をしてくれた。「私が君の年のころは、自分が何になりたいか、はっきり分かっていた。宣教師になるつもりだった。ところが、自分の計画が途中で狂ったようですね」と笑いながら語った。つまり、宣教師になるはずだった人物が心理学教授になったので、いくら計画を立ててもあまりためにはならないという暗示だったようである。

私は多少、慰められたが、父は私の怠慢をまた責めだしたので、もう一度例の教授に助け舟を求めた。教授は私の切羽詰まった話しぶりに動かされたようであり、新しく出来た試験の話をした。その試験は知識を試すものではなく、嗜好《しこう》を突き止めるものであった。それぞれの職業で成功した人の嗜好を調べ、受験者で同じ嗜好の持ち主ならその職業で成功する可能性があるというような試験だと説明してくれたので、私は喜んで試験を受けさせてもらった。

試験問題は皆不思議なものばかりであった。「外人のなまりでしゃべる人が嫌いですか」とか、「金歯を入れた人が嫌いですか」とか、「隣の赤ん坊が泣くとき、腹立ちますか」というような質問ばかりであった。教授は私の答案に目を通してから、「君は赤十字社の社員に向いていないようですね」と言った。たしかにそうであったが、どんな職業に向いていないかということではなく、何に向いているかを知りたかった。教授は答案をもう一度ゆっくり読み、「建築かそれともジャーナリズムがいいでしょう」という結論に達した。要するに、建築家またはジャーナリストにふさわしい嗜好があって、才能さえあれば、その道で有意義な生活ができそうであった。

ところが、才能と全く関係のない試験であったので、仮に、私の嗜好が出世した建築家やジャーナリストの嗜好と一致しても、適当の才能がなければどうにもならない話であった。まず、建築家は無理だと思わざるを得なかった。私が生まれたとき、父が大事な長男の顔を見て、「この子供には絵描きになってもらいたい」と言ったそうである。アメリカの父親の多くは、子供が大統領になってもらいたいとか、世界的に知られている学者、人間を助けるような偉大な医者になってもらいたがるが、私の父の願望は意外なものだったと言うほかはない。が、学校で一番点数の悪い科目はいつも図画であったので、絵描きになることはもちろんのこと、建築家にもなれないと思った。

それならジャーナリズムはどうかと思い、コロンビア大学のジャーナリズム部の部長を訪ねて相談することにした。当時の私は時々短編小説を書いていたので、自分の文体の見本に小説の原稿を持って行った。部長はその原稿を二、三ページ読んでから、「ジャーナリズム以外の職業を十分考えてきたか」というなぞめいた表現で原稿を返した。私が想像したとおりで、自分はいかなる職業にも向いていないということが分かった。現在までなんとかして生き残ってきたことは理解に苦しむ事実である。

ところが、一時的であったが、ジャーナリストになった経歴がある。二十七、八年前のことだが、日本へ行きたかったが旅費がなかったので、友人のあっせんで『ニューズ・ウイーク』の特派員になった。さまざまの原稿を書いた。戦後の日本の教育についても長い原稿を書いたり、京都に住んでいた第五福竜丸の船乗りのインタビューをしたり、当時非常に人気があった石原慎太郎《いしはらしんたろう》の小説『太陽の季節』を紹介したりしたが、すべての原稿がボツになった。ジャーナリストとしての名誉ある出発であったとは言いがたい。

今度、客員編集委員として朝日新聞社に入社するに際し、かつての失敗を反省する必要を感じ、まず、人違いではなかったかという根本的な問題をまじめに考察しなければなるまいと思った。というのは、日本文学を研究している外国人たちは実は皆同じ人物だという暗々裏に出来上がった常識があるらしいからである。川端康成の文学を訳したことがないのに、「キーン氏のすばらしい英訳によって川端先生がノーベル文学賞を受賞できた」という旨の発言が何回も自分の耳に入ったことがあり、聞く度に赤面するほかはなかった。そうすると、今度のことも、だれか紅毛《こうもう》碧眼《へきがん》の人がみごとな新聞記事を書いたために、朝日新聞社が人選を誤ったのではないか、という可能性を無視するわけにはいかない。それなら、私は正直にジャーナリストとしての失敗を白状して、もう一人のドナルド・キーンまたはこれに近い名前の別の外国人を探した方がよい、と忠告すべきだろうか。それとも、「嘘《うそ》から出た実《まこと》」ということを信じ、ジャーナリストとしてまだ才能を示したことがない私でも、朝日新聞社の独特の雰囲気の中で立派なジャーナリストになり得るという期待をかけて黙っていた方がいいだろうか。

十分悩んだかどうか、保証はできないが、結果として鉄面皮で押し通すことにした。資格がないことがばれれば、連載小説を書くか、料理の秘訣《ひけつ》について暴露記事を書くか、現在検討中である。

朝日新聞社に入社できたことを光栄に思うことは言うまでもない。朝日は日本の新聞界を代表し、世界的に知られている新聞であるばかりでなく、明治時代から数々の優れた文学作品や批評も掲載してきた。私自身は、『朝日新聞』のためにどれほど貢献することができるか疑わしいが、ジャーナリストとしての不足を善意で埋め合わせしたいと覚悟している。

ここに社員諸君のご指導鞭撻《べんたつ》を乞う次第であるが、鞭撻の方はお手柔らかにお願いします。六十の手習いという言葉があるが、六十になった現在もいろいろ学んでいくつもりである。

II

外から見た日本文化

［一九八一・一〇・六］

中国人は翻訳嫌い

外から日本文化を初めて見た外国人は中国人でした。紀元三世紀に、九州か近畿地方かはよく分かりませんが、卑弥呼《ひみこ》という女王が統治する邪馬台《やまたい》という国を訪ねました。その見聞が後に『魏志《ぎし》』の中の「倭人伝《わじんでん》」に記されていますが、中国人にとっては邪馬台はあまり大切な国ではなかったはずです。

中国人は自分たちの住む中央だけに人間らしい人間がいて、四方にはすべて野蛮人が住んでいると考えていました。北方の野蛮人は北狄《ほくてき》、西は西戎《せいじゅう》、南は南蛮《なんばん》、そして日本は東夷《とうい》というわけです。ところが、「倭人伝」には邪馬台の人々が非常に清潔であり、丁寧《ていねい》にお互いにおじぎし合って、完全な野蛮人ではないというふうに書いてあります。夷《えびす》にも文化的な要素があると認めたのです。しかしそれ以上の深い関心はなかったとみえて、私たちが是非知りたいことは書いてありません。それ以降も、だいたいこの『魏志倭人伝』のままか、多少の訂正追加があった程度でした。

中国人には中華思想というものがありまして、外国の珍しい物や動物などには関心はあっても、外国人そのものにはあまり興味がなく、外国文化に対して非常に関心が低かったのです。

私たちの常識では、翻訳は人間にとって一つの本能みたいなものですが、国によって翻訳好きな国民とそうでない国民があるのではないかと思います。仏教が中国に入った頃は、中国人は仕方なく翻訳をやりましたが、彼らはあまり翻訳を好まない国民でした。現在はもちろん違いますが……。インド人は近世までインド語になった外国の文学や思想は、一つも持たなかったと思います。ギリシャ人にしても、ギリシャという国が下火になってからでも、ローマの歴史や文学の本の翻訳はしませんでした。一種の自己満足と言いましょうか。そういう傾向がある国民と、ない国民とがありそうです。

ところが仏教が中国で盛んだった時代、中国人と日本人は頻繁に接触するようになりました。一番有名な例として中国の偉い僧恵果阿闍梨《けいかあじゃり》と真言《しんごん》宗の創立者空海《くうかい》の出会いがあります。恵果は空海の顔を見るや否や非常に喜んで「あなたの来るのを昔から待っていた」と言い、密教のあらゆる秘密を教えたのです。二つある曼陀羅《まんだら》のうち、他の弟子には一つしか教えなかったのに、空海には両方とも教えました。恵果は亡くなるとき空海の夢の中に現れて、「もし日本人に生まれ変わったらあなたの弟子になりますから、是非日本に帰ってください」と言ったと伝えられているほどだったのです。

時代が下って江戸時代になりますと、日本の儒学者は外国へは行けなくとも漢文の読み書きはできましたから、儒教の本について詳しい注釈書を書き、その一部は中国にも紹介されました。そして中国人は日本にもやはり文化のあることを認めはしましたが、しかし、彼らは相変わらず日本文化には興味を示しておりません。当時の長崎には中国人が五千人もいたそうですが、日本の文学や歴史を翻訳しようとはしなかったようです。中国人は、日本人が自分たちの文化に興味を持つことは日本に文化がある証拠だと考えても、日本独特のものがあるとは認めず、もしそういうものを発見したら賞《ほ》めるどころか、間違っていると決めつけて、やっぱり東夷に過ぎない、と軽い優越感を覚えたはずです。

私の個人的な体験を申しあげれば、アメリカなどで日本文化について講演をする度に、日本文化のユニークさ、日本にしかない文化の素晴しさを口をすっぱくして力説しているつもりですが、それでも、もし聴衆の中に中国人がいるとしますと、その人は講演が終わると手を挙げて「日本文化は中国文化の猿まねだとは思いませんか」と質問するでしょう。中国人には、そういう基本的な信念があるようです。

確かに、二十世紀に入ってからは、中国人が日本語をだいぶ覚えるようになりました。しかしそれは日本文化に対する関心からだとは言えません。中国一の優れた近代作家、魯迅《ろじん》も日本に留学しましたが、彼の目的は日本を学ぶことではなく、むしろ日本語を利用して、日本語訳になっている西洋の本を勉強することだったのです。

このように日本文化の面白さに関心を持つ人は実に少なかったのですが、現在はだいぶ変わって来ています。私は去年（一九八〇）の十月北京に参りましたが、『古事記《こじき》』や『源氏物語』の抜粋の中国語訳があることを教えられました。それは非常に喜ぶべきことですけれども、同時に非常に遅かったと言うほかはありません。

朝鮮人の場合はどうでしょうか。どういうふうに日本文化を見たか興味ある問題なのですが、それを知るための文献が案外に少ないのです。十年ほど前の話ですが韓国へ参りました時、どこへ行ってもお寺や宮殿などが秀吉《ひでよし》の朝鮮出兵のとき焼かれたという看板が立っておりました。彼らが日本人を大変野蛮で狂暴な国民だと思ったのは当然で、長い間日本人や日本の文化に対してはあまり好意的ではなかったはずです。

印刷の技術とか陶器とか織物など安土桃山《あづちももやま》時代の文化の大切なものは、だいたい朝鮮から入ったものですが、日本から朝鮮に渡ったものは非常に少なくて、まあ一方通行と言うほかはなかったのです。

現在はまた違って、韓国では日本の影響は極めて強いという印象を受けました。日本語を覚えている人がまだたくさんいますし、日本のモノが溢《あふ》れています。日本に対する好悪は別としても関心は高いわけで、自分の専門や勉強のために日本の文献を読みたいという気持ちは強いようです。私はある日、日本の本の展示会に参りましたが、そこには医学、物理学から養鶏の本まで並べてあり、韓国人が一生懸命見ていました。きっとこの人たちは三十年以上前に韓国人が日本文化を見ていたのとは、全く違う見方をしているのではないかと思います。

西洋人は伝道熱心

さて外から見た日本文化ということになりますと、私には何と言っても西洋人が見た日本文化の方が話しやすいのです。日本のことを初めて書いた西洋人はあの有名なマルコ・ポーロです。彼の本の中に出て来る「ジパング」という地名から「ジャパン」という言葉ができたわけですが、彼は日本を訪ねたわけではありません。だから日本について直接何の知識も持たず、あったとしても間違った知識だけだったのです。

その後十六世紀、安土桃山時代になると、かなりの数の西洋人が日本にやって来ました。そういう西洋人はまず何よりも日本の清潔さに感心しました。たとえば当時のヨーロッパでは肉を切るナイフはありましたが、人々は大体手で食べていましたし、食べ残りはその辺に投げ捨てていたのです。周囲には犬がウロウロしていましたから皆食べてくれたでしょうが、まあ仮に残っていても床には葦《あし》などが敷いてありましたから見えなかったでしょう。そのようなヨーロッパ人が日本に来て、家の中に畳が敷いてあるのを見て驚き、その次に困りました。ある神父が書いているように、どこでもかまわず唾《つば》を吐くことができませんでしたから。

当時のヨーロッパ文化の特徴に、いわゆる中華思想のようなものは全くなかったと言ってよいでしょう。つまり中国人とは違って、どこへ行っても積極的に何か新しいものを発見し、自分たちの生活を豊かにしていったのです。そのヨーロッパ人は、まず貿易でお金を儲《もう》けようとして日本にやって来ました。マルコ・ポーロの本では、日本の道路が金や銀で舗装されていることになっていましたから、非常に良い国だと思い、どんなに危険で長い航海でもかまわないとやって来たのです。来てみれば必ずしもそうではないことが分かりましたが。

もう一つ日本に来た理由があります。ヨーロッパ人は大変日本に感心したのですが、宗教にだけは感心できませんでした。当時のヨーロッパ人は熱心なキリスト教信者でしたから、仏教徒は皆地獄に行くに違いないと気の毒に思いました。そこでキリスト教の伝道になるのですが、これは極めてヨーロッパ的な現象だと私は思います。中国人の場合は、儒教がどんなに素晴しく、それだけが人間の道だと思っても、積極的な伝道はあり得ませんでした。なぜなら彼らは、すべての人が向こうからそれに引かれてやって来て、中国語を学び原典を読むはずだ、と信じていましたから。ヨーロッパ人もキリスト教に大変な信念を持ってはいましたが、それほど自分たちの力に自信はなかったようです。やはりその国に行って教えなければならないと思い、そのために日本語を覚えようとしたのです。

「デウス」と「大日様」

ところが日本語を覚えることは極めて難しかった。辞書どころか、簡単な単語集もない。時々難破した日本人の漁師などが先生になったのですが、教養もない上に、伊勢《いせ》の漁師と新潟《にいがた》の漁師とでは方言の問題もあってあまり言葉が通じません。そうすると宣教師になりたい人たちは何を覚えてよいのか分からず、二十年間勉強しても何も覚えられなかった人がたくさんいたのです。

外国の言葉を翻訳することが難しいという例として有名な挿話があります。初めて日本で伝道したスペイン人の神父ザビエルは、英語で言う「ゴッド」を日本人に伝えるのが一番大切なことだと思い、あまり頼りになりそうにない通訳に日本語にしてくださいと頼むと、「大日」という言葉が返って来ました。さっそくザビエルが伝道の中で「大日様」と言うと、日本人は皆なるほどとうなずくので、こんなに簡単にキリスト教を信じるのは少々変だと思ったのです。「大日」は間違いだと考えて、次に「神」を使いましたが、結果は同じでした。最後には、やはりラテン語が良いと思い「デウス」としました。ところが彼の発音では「ダイウソ」というふうに聞こえましたので、日本人は混乱してしまったそうです。

しかし時と共に事態はよくなっていきました。十四歳の時から三十年間日本に住んだポルトガル人ロドリゲスは、母国語以上に日本語を上手に話し、和歌や連歌《れんが》も読めました。彼の作った『日葡辞書《にっぽじしょ》』は現在でも学者には大いに役立っています。同じ頃、フロイスという伝道師は日本の歴史を書いています。

さて、伝道の一世紀が終わり鎖国時代に入りますと、幕府は外国人に日本語を教えないように厳しい規則を作りました。長崎出島《でじま》のオランダ人はもちろんのこと、北海道のアイヌ人にまで日本語を教えてはならないというきまりがあったのです。

しかし、それでも日本のことが知りたい、勉強したいというのがヨーロッパ人のよい面で、歴史や植物、鉱物などを研究しようと思う人々がたくさんいたのです。

それと同時に日本の職人が作ったものを外国に持って行こうとしました。伊万里《いまり》焼にロココ風の金属の飾りを付け、ヨーロッパ人の喜びそうなものを作ったりしましたが、日本の芸術的な文化への関心が高かったことは事実です。そのことから、陶器だけに限らず、扇《おうぎ》や着物、楽器まで外国で知られるようになりました。特に漆器、塗り物が喜ばれて、「ジャパン」と言えば日本の塗り物をさすようになりました。

この鎖国時代に日本語の知識が後退したとはいえ、ヨーロッパ人の日本に対する関心が衰えることはありませんでした。たとえば『ガリバー旅行記』の一番最後のところで、ガリバーは日本に来ます。間違った知識もありましたが、そこには踏み絵の話など日本のことが書かれているのです。ともかくヨーロッパ人にとって日本は不思議な国、素晴しいけれども自分たちが行けないような遠い国だったのです。

こういう例もあります。モーツァルトはオペラ『魔笛《まてき》』の中で主人公タミーノが日本の狩衣《かりぎぬ》を着て登場すると書きました。果たしてモーツァルトが、狩衣がどんなものであるか知っていたかどうかは分かりませんが、このように当時のヨーロッパでは、日本の魅力がますます高まって行ったのです。

鎖国時代のヨーロッパに対するただ一つの窓は、ロシア政府が作った日本学校でした。難破した日本の漁師が先生になることもありました。十九世紀にヨーロッパ人が日本のことをもっと知りたければ、シベリアへ行くほかはないのでした。フィツマイアというオーストリア人はこの学校へ行き、弘化四年（一八四七）、柳亭種《りゅうていたね》彦《ひこ》の『浮世《うきよ》形六枚屏風《がたろくまいびょうぶ》』という本を翻訳します。日本の物語本では初めての翻訳でした。日本でもあまり読まれていないこういう本をなぜ選んだのか分からないのですが、多分、漁師が持っていたものだったのでしょう。ともかく、その本が最初に西洋の言葉になったのです。

一八五三年、ペリー提督が浦賀《うらが》に来航して以来、外国人の見る日本文化のイメージがはるかにはっきりして来ました。その時期以降日本に来たいろいろな外国人の中から、数人の人物について少し詳しくお話ししましょう。

ペリーが来た後すぐ、一八六〇年（万延元）、日本人使節団がアメリカを訪ねた時、グリフィスという若い人は当時大学生でしたが、その使節団とフィラデルフィアで会って、片言でしたでしょうが言葉を交わしました。のちに彼は、ほとんど予備知識のない日本人留学生の面倒を見ることになります。熊本藩士・横井小楠《よこいしょうなん》の二人の甥《おい》は、グリフィスと同じニューヨーク近郊のラッガス大学で勉強しました。グリフィスは深く日本に関心を寄せ、日本人は大体において私たちと同じ文化の水準だが、ある分野では私たちアメリカ人よりも優れている、と回想録に書きました。一八七〇年（明治三）に、彼は越前守《えちぜんのかみ》・松平春嶽《まつだいらしゅんがく》に招聘《しょうへい》されて来日、福井《ふくい》で教えるようになりました。自然科学を教える一方、伝道師として、当時まだ禁じられていたキリスト教のことを秘《ひそ》かに教えていました。彼は、アメリカやヨーロッパの知識を日本人に伝えると同時に日本文化を学び、一八七六年（明治九）、『ミカドの帝《てい》国《こく》』という歴史書を書きます。今では、もう誰もこの本を読まないでしょうけど、私が高校生だった頃は、日本の歴史について一番信用のおける本の一つでした。

フェノロサと日本美術

他の角度から日本を理解しようとした外国人もいました。それはアメリカ人のフェノロサです。彼のもともとの専門は哲学で、当時の帝国大学で哲学や経済学などを教えていましたが、自分の趣味であらゆる日本美術、中でも日本人が賞めないような民芸品などを集めていました。彼の友人のモースという人も同様でした。明治初期、あるいは幕末の民芸品は、その日使ってその日捨ててもいいような、何の美術的な価値もないものだ、と日本人には思われていました。しかし二人の若いアメリカ人は、新鮮な眼をもってそれを見、集めるに値する価値をその中に見出したのです。その上、フェノロサは単にそこにとどまることなく、日本の美術そのものに大変な関心を持つようになります。

当時の日本人は、日本のものに全然関心がなかったと言えます。たとえば、私の友人で現在京都の同志社大学で教えているケーリ君のおじいさんは、明治五年に伝道師として京都にいたのですが、彼の残した日記にこのようなことが書かれています。ある日、彼の所に知恩院《ちおんいん》のお坊さんが来て、うちのお寺の鐘を買ってくれと言うのです。彼は、家にはちょっと大きすぎると断りました。それが毎年大晦日《おおみそか》の晩に鳴り響く、あの有名な知恩院の鐘だったのです。

私自身が持っている当時の『京都案内』という小さな本では、一応銀閣寺《ぎんかくじ》とか清《きよ》水寺《みずでら》について案内しているのですが、最高に賞めているのは煉瓦《れんが》造りの工場で、こんなみごとな建物はほかにないと書いています。ちなみに京都人は、京都の美術とともに、日本で一番早く市街電車の走ったことを誇りにしているくらいです。

とにかく当時の日本人は日本のものを捨てても安く売ってもよかったのです。アメリカ人の旅行者で美術の専門家でもあるヘンリー・アダムスは、日記に、毎晩毎晩彼の下宿に骨董屋《こっとうや》がやって来て、ぜひぜひ買ってくださいと言うので、欲しくないものまで仕方なく買ってしまったと書いています。現在、日本人は日本の美術、国宝が外国へ流出してしまったというふうに言いますけれど、とんでもない話です。欲しくないものまで外国人は買わされていたのです。

さてそうなると、日本の伝統的な美術を作っている人、画家や職人たちはどうなるのか、フェノロサはそのことを大変心配したのです。彼は日本の伝統的な美術が消えてはいけないと思いました。実際、彼は狩野芳崖《かのうほうがい》に毎日の生活費を出していたくらいなのです。

奈良県桜井市《さくらい》にある聖林寺《しょうりんじ》というお寺に、私には国宝の中でも第一級と思われる天平《てんぴょう》時代のみごとな仏像があります。もとはお宮にあったのですが、維新後、神仏分離の政策の中で、人々が仏像に縄を付けてこのお寺まで引きずって来ました。そのために十一面観音が今は八面しかない有様です。フェノロサはこの素晴しい仏像を見て、万一火事にあった時にはすぐ運び出せるようにと、当時では大変な金額だった二百ドルを出して、仏壇の下にローラーを付け、後ろの壁に穴をあけました。それほど、彼は日本の文化ないしは美術に関心が深かったのです。

坪内逍遙《つぼうちしょうよう》は東大でフェノロサに教えをうけましたが、彼に落第させられたので大変に嫌っていました。でも、のちに『小説神髄《しょうせつしんずい》』を書く段になって大いにフェノロサの説をとっています。

フェノロサは、また、謡《うたい》、お能が好きで、自分でも稽古をしました。漢詩の英訳もしていました。ところが彼が亡くなるまでその翻訳は活字になりませんでしたが、その原稿を未亡人が当時全く無名だった詩人エズラ・パウンドに送ったのです。パウンドは後にアメリカの有名な詩人の一人になりましたが、彼のすべての仕事の中で、そのフェノロサの翻訳に基づいたものが一番優れていると私は思っています。

『源氏物語』への挑戦

最後に私にとって大変近い人、もう十五年前に亡くなりましたが、英国人アーサー・ウエーリさんについてお話ししたいのです。彼は『源氏物語』や『枕草子《まくらのそうし》』などの翻訳者として日本でも有名ですが、非常に変わった学者でした。ウエーリさんは大英博物館に勤めていたのですが、ある日、錦絵《にしきえ》を見せられて質問をうけました。ところがそこに書かれていた歌が読めなかったので、語学の天才のウエーリさんのことですから、やはり日本語は覚えた方がよいと思い、さっそく独学でやりとげてしまいました。

五年ほど過ぎた頃、日本語を覚えたいという友人のために、教科書のつもりで『うた』という本を書きました。これは日本の各時代の和歌に英訳を付け、ごく簡単に文法を説明しただけのものですが、その中で彼は、少々語学力のある人でも、日本語を完全にマスターするのに一月ぐらいかかるでしょう、と言っています。私も少々は語学力に自信がありますが、一月でマスターできるなんてウエーリさんでなければあり得ないでしょう。しかし、歌の場合は『古今和歌集《こきんわかしゅう》』に出ているような言葉しか後の時代の歌人も使わなかったので語彙《ごい》はせいぜい二千語ぐらいですから私にもできたかも知れません。

彼は次に能を翻訳し、そしていよいよ『源氏物語』に挑戦したのです。当時『源氏物語』には与謝野晶子《よさのあきこ》の現代語訳があったのですが、ウエーリさんはそれを知らず、本居宣長《もとおりのりなが》の木版本で字がかすれてよく読めないような注釈書を使いました。最後の部分「宇治十帖《うじじゅうじょう》」のあたりは活字本が手に入りましたが、原文と宣長の注釈だけを頼りに英訳をするなんて、私にはとても想像できません。日本ではやたらに天才という言葉を使いますが、ウエーリさんの場合だけには使ってもよいと思います。『枕草子』の場合もそうでした。事によっては『源氏物語』より読みにくいし、当時は今のような注釈書が一冊もなかったのに、彼はみごとな翻訳を出しました。

どうしてそのようなことができたかといえば、当時の教養ある西洋人が、日本語に対してそこまで深い関心を持っていたからです。ウエーリさんは天才だったに違いありませんが、同時にそういう天才を支えるような社会、そういう教養人の層ができていた、ということだと思います。

残念なことには、ウエーリさんは日本の近代現代文学には興味がなく、芥川龍之介《あくたがわりゅうのすけ》の『誘惑《ゆうわく》』という珍しい作品の翻訳があるだけです。幸いにしてウエーリさんがやり残してくれたから私がこの分野を翻訳することができたのですが、もしウエーリさんが全部やっていたら私は何もすることがなかったのです。

ウエーリさんは日本の現代文学に多少の関心はありましたが翻訳したくなったことはありませんでした。たとえば昭和二十二、三年頃、谷崎潤一郎がウエーリさんに、サイン入りの三冊本の『細雪《ささめゆき》』を贈りました。きっと翻訳を期待していたのでしょう。ウエーリさんは、全部読んだ後私にくれました。私は「どうでしたか」と聞くと「まあ、まあ」と言いました。そう言える人はたいしたものだと思ったものです。特に当時は終戦直後のことでイギリスには日本人はほとんどいなかったのに、ウエーリさんは全く独力で関西弁を覚えました。彼がいたからこそ、西洋人でも日本語が完全に覚えられることが分かったのです。

私自身は、戦時中アメリカ海軍の日本語学校で十一カ月間徹底的に日本語の勉強をさせられました。その時は日本語そのものに関心があったのですが、自然に日本文化、日本文学にも深い関心を持つようになり、一生の仕事として日本を研究する決心をしたのです。それは終戦直後のことでしたから、日本が立ち直ることはあり得ないと考えられていましたので、当時の人から私は気違い扱いされました。今でこそ、このような日本の繁栄を見て私に先見の明があったと賞めてくださいますが、私は好きで好きでどうしてもやりたかったというのが本音です。

日本語ないし日本文化に対する海外の関心は、この二十年間に大変高まって来ました。もちろん、まだ誤解されている部分もあります。そして外国の本に何かひどい間違いがあると、日本の新聞はすぐそれを報道します。そして、外国の教科書に人力車の写真がのっていたり、家の中で下駄をはいている絵があったりすると、やはり外国人が日本を正確に知るのは無理なのだと日本人は考えるのです。その通りかもしれませんが、過去に比べるとだいぶ進歩はしていると私は思います。

とにかく、私は日本文学の勉強を始めた頃は、英訳はウエーリさんによるものだけだったと言ってもよいでしょう。英文の日本歴史の本も一冊か二冊でした。日本を勉強する学生も実に少なく、学部では私一人でした。現在パリ大学で日本語を勉強する学生は二百人もいるそうですし、ソ連、ドイツ、英国でもずいぶん増えています。

日本を勉強する外国人がこのように多くなって来たのは、単に日本の奇跡的な経済成長のためだけとは思いません。本当の原因は、日本文化の中に世界中の人々が学ぶに値する価値があるからだと思うのです。私はもう四十年も前から、この信念に基づいて日本を研究してきたのです。

日本人の自然観　西洋人の自然観

［一九八〇・八］

「自然」という言葉を『日本国語大辞典』で引くと、次のような定義が冒頭に出ている。「山、川、海、草木、動物、雨、風など、人の作為によらずに存在するものや現象。また、すこしも人為の加わらないこと」等となっているが、例文を読むと、山、川に象徴される自然よりも、人為の加わらない自然の意味は、中国の淮南子《えなんじ》や列子《れっし》から日本の三遊亭円朝《さんゆうていえんちょう》に至るまでのものが圧倒的に多い。

風景と人為の加わらない物とは、かなりニュアンスが違うが、英語でも同じような曖昧《あいまい》さがある。例えば、natural beauty（自然の美）というと、風景の美または人為の加わらない美という両方の意味がある。東西を問わず、人間が自然をいじってはいけないという無意識の建て前があるようである。

ところが、自然に生えてくる雑草をむしり取らなければ穀物が実らない。自然にはびこる黴菌《ばいきん》を殺さなければ病人が治らない。そして人為が加わらなければ庭園は美しく見えない。

雑草や黴菌をそのまま守ろうと言う人はいないだろうが、庭園の場合、人工的なありさまを避けて自然に全然手をつけず、自然をそのまま守っていこうとする庭師は昔から日本に多く、西洋でも、その影響を受けて二百五十年ほど前から同様の庭園がはやるようになった。言うまでもなく、鶴や亀を思わせるような石や植木を配置することは飽くまでも人工的なものであるが、日本の庭師たちはなるべく人間臭い、不自然な効果を避けた。「技術を隠す技術」は正にそういうことを指すのだろう。

その代わり、西洋の伝統的な庭園では、人間が自然を改良するとか、指導するというような基本的な態度が見られる。ベルサイユの幾何学的な植木の美に代表される欧風の庭園はいくら自然に逆っているとは言っても、そこには独特の美が存在することは否定しにくい。が、自然を操る技術を隠すどころか、人工的技術を誇張しているのである。

ところが、西洋人にとっては庭園は庭園に過ぎず、どんなに上手に出来ていても、自然そのものだと思われていない。自然を求める人は、遠い山や森の中にある湖まで行かなければ満足しない。誰もいない、しかもできたら、誰も足を踏み入れたことのない土地でありのままの自然を見たがる。そこで出会う自然は庭園と丸で違い、人間の命を取るような恐ろしい力を持っている。そして人間は自然の力に抵抗しながら、自然の偉大さを尊重し、敬愛する。

日本の場合、庭園の中で見受けられる自然の美に満足することが多かったように思われる。世を捨てて、山小屋で修行する出家は何人もいたし、淋しい島へ流された人も珍しくなかったが、そういう人気のないところで自然の美を愛でる人は稀であった。

むしろ、自然の風物の中で最も環境に左右されない月を見ても、都の月を思い出さずにいられなかった。旅人として有名だった芭蕉でさえ、誰も足を踏み入れたことのない土地よりも、歌枕《うたまくら》として知られていた名所に惹かれており、すばらしい景色を見ても、自然の美よりも人情を書くことが多かった。

「風雅におけるもの、造化にしたがひて四時を友とす。見る処、花にあらずといふ事なし」という芭蕉の名言は、確かに西洋の自然観と違う。しかし、これを東洋人一般の態度だと定めてしまったら誤りであろう。むしろ温和な気候が育てる思想ではないかと思う。『おくのほそ道』の旅の間、「奥羽《おうう》象潟《きさかた》の暑き日に面をこがし、高すなごあゆみくるしき北海の荒磯にきびすを破」った芭蕉は、冬の旅だったら北海の吹雪にさらされた筈だが、その場合でも、「四時を友とす」ることができただろうか。

自然を友とする日本人と自然を克服しようとする西洋人が昔から対照されてきた。この観念は必ずしも間違っていない。が、有島武郎《ありしまたけお》の『カインの末裔《まつえい》』を読んだことのある人なら、北海道のすさまじい冬に出会った日本人は、自然を克服するために相当の苦労をしたということがよく分かると思う。「四時を友とする」余裕がなくなることもある。が、有島や彼以後多くの日本の若者が北海道の荒々しい自然に挑んだり、また、エベレストの頂上や北極を「克服」するような日本人も出て来た。

日本の伝統は大体において京都で生まれ、京の四季にそれぞれの魅力があったので、「四時を友とす」ることは当然であろう。大きな庭園または小さな盆栽を見て自然を楽しむことはいかにも都人《みやこびと》らしい感じがする。

その後、都の文化が広がり、日本人の自然観に形を与えた。そしてしまいに日本風の庭園が外国でも高く評価されたのである。日本人が自然を克服し、外国人が庭園を楽しむようになった今日では、東洋と西洋の伝統の根源を混乱させ易いが、これは世界文化の多様性の良い例であろう。

日本古典文学の特質

［一九七八・一一・四］

散文と詩歌を分けるもの

日本古典文学は、長年にわたって書かれたもので、始めから終わりまでを通じて共通した面は非常に少なく、しかも、私はすべての特徴をここで指摘することはできません。ただ、私にとって一番刺激になった特徴、または、西洋文学の立場から見たとき一番変わっている特徴に焦点をしぼってみたいと思います。

日本文学の話をする場合はいろいろな方法があります。古典文学と近代・現代文学の比較をしてもよいし、または、日本の古典文学と西洋の古典文学とか、そういう比較もできるでしょう。こういうふうに比較してみますと、だんだん両方の特殊な面が明るみに出てくると思います。

私は日本文学を勉強する場合は、なるべく日本人とあまり変わらないように原典を読み、そのときまでのいろいろな専門的な研究も勉強しますけれども、やはり私の出発点は日本人とちょっと違います。というのは、私はやはり外国で生まれて外国で教育を受けましたから、あるいは私にとって特徴であるところは、日本人にとっては、それほど特徴的とは思われないかもしれません。ともかく、そういう私の感じた日本古典文学の特徴についてお話ししてみようと思います。

まず、日本の詩歌の特徴について、簡単に話してみたいと思います。日本語という国語は、世界のいろいろな国語の中でも相当珍しい特徴があると言わなければなりません。そしてその特徴が、一番よく出ているのは、詩歌の面です。たとえば、ヨーロッパ諸国の国語には、全然違う特徴がありますから、当然のこととして、詩歌と散文の区別が日本語とは違う基準によってなされています。ヨーロッパで一番よく認められている散文と詩歌との区別は、韻を踏むか踏まないかという非常に単純な規則です。これはヨーロッパだけではありません。中国の詩歌の場合でも必ず韻を踏んでいました。日本人が漢詩を作る場合は、日本語の発音より中国語の発音を考えて詩歌の韻を踏んでいました。

しかし、日本語、特に、いわゆる大和言葉の場合は、韻を踏むことは、易しすぎるのです。しかも、易しすぎるのは、韻を踏むということのためにはあまりありがたくない。そうしようと思っても思わなくても韻を踏むことになれば、散文と韻文の特別な区別にならないのです。日本語の場合は、語尾として五つしかありません。ア、イ、ウ、エ、オ。私は数学に弱い方ですが、やろうと思ってもやるまいと思っても二〇パーセントくらいは韻を踏むことになるでしょう。そうすると、韻を踏むことは特別に大事だとか、それが詩歌の本質に近いものだとかいうことは、日本語の場合は考えられなくなります。

日本人も時々、韻を踏むことがありました。たとえば、芭蕉の弟子たちが書いた『風俗文選《ふうぞくもんぜん》』のなかには、韻を踏む散文がありますが、たいしたものではありません。また明治時代に入って、西洋の文学の影響を受けた日本人が、韻を踏む詩歌を作りました。たとえば、『新体詩抄《しんたいししょう》』の著者の一人、矢田部良吉《やたべりょうきち》が作った日本語の詩歌です。

春はものごと喜ばし
吹く風とても暖かし
庭の桜や桃のはな
よに美しく見ゆるかな

野辺の雲雀《ひばり》はいと高く
雲居《くもい》はるかに舞ひて鳴く

確かに韻を踏んでいるには違いありませんが、私はこれを聞いて、美しいというよりも滑稽に思います。どうも、日本語は、韻を踏むことに向いてないというしかないでしょう。そうなればやはり、日本語の場合は、韻を踏むことによって散文と韻文の区別をするのは無理だというほかありません。

西洋でもう一つ非常によく利用されているのは――国語の特徴になりますが――ストレス・アクセント（stress accent）です。日本語にはこれがない。これがないのは日本語だけではなく、強いていうとフランス語もそうなのですが、英語、ドイツ語、スペイン語、イタリア語、ロシア語、中国語など、特に中国語の場合、平仄《ひょうそく》というような特別な規則があって、ストレス・アクセントによって、自分の言うことや書くことに一種のリズムを与えます。

英語の一例としてポーの詩 The Raven（「大鴉《おおがらす》」）の冒頭をあげてみましょう。

Once upon a midnight dreary,

while I pondered, weak and weary,

こういうふうにダーッタ、ダーッタ、ダーッタ、というリズムがある。これは、英語として一番使いやすいリズムで、こういう調子だったら、やはり散文ではなく詩歌だということがだれにでもすぐわかります。この場合は韻も踏んでいますが、踏んでいなくてもそういう調子で一行書けば、やはりこれは詩歌の一行であって散文の一行とは違うということになる。しかし日本語には、ストレス・アクセントがありませんから、日本語でそれを真似しようと思っても絶対できないのです。

もう一つの方法、これはどちらかというと、古代ギリシャ文学やラテン文学に利用された方法ですが、短音と長音の区別で一種のリズムができます。つまり、長音と短音を適当に並べたら、一種のリズムが当然にできますが、現代の日本語、たとえば、「故意」と「好意」という二つの言葉はコとコーという短音と長音で区別され、日本人ならまず混同することはないでしょう。しかし、それは、あくまでも現代の日本語のことで、昔の日本の歌人たちは、そういう短音と長音を利用して詩歌を詠んだことはないと思います。

では日本の詩歌を何によって散文と区別するのか。はっきりいうと、七五調とか五・七・五とか、音節の数で区別しています。これは、ほかの国の文学に絶対ないとはいえません。あることはあるのですが、どちらかというと珍しい。日本語の場合はやはり、ほかの方法がないから、そういうような単純な方法によるほかなかったと考えられますけれども、どうして五・七・五になったのか、という問題は、昔から相当やかましく論じられてきました。一つ当然に考えられることは、中国の詩の場合は、五言絶句《ごごんぜっく》や七言律詩《しちごんりっし》などがありますから、日本人がそれを真似て、同じように五・七・五というふうに作ったと考えられていますが、この説には納得できない面があります。

中国の詩の場合は、五言絶句ならすべての行に、同じように五つの文字が並んでいますし、七言絶句の場合同じように七つの字の行が続きます。例外はあるかもしれませんが、多くの場合はこの通りです。しかし日本語の場合、必ず、五つの次に七つの文字が出ます。もっと大きな相違としては、日本語の場合は、五つの字ではなくて、五つの音節です。そうすると「なりにけり」でも、俳句の五・七・五の下五の一行（適切な表現を思いつかないので「行」としておきますが）になります。ところが中国語の場合は、五つの文字ですから、五つの観念があります。日本語の「なりにけり」は英訳しますと、‘was’というなさけないことになります。中国語の詩の場合でも、英詩の場合でも、一行にもう少し内容がなければ、読者は満足しません。

ともかく、どうして五つの文字と七つの文字という制度になったかだれもわからないと思いますが、東京大学のある博士論文では、五つの文字は、日本人が短い息で言える音節の数で、七つは長い息で言える数であるとしていましたので、実は私はいろいろな日本の友だちに頼んで発音してもらいました。たいていの人が十三まで言えましたから、どうも五つと七つは考えにくい。ともかく、『万葉集《まんようしゅう》』や、『古今集《こきんしゅう》』時代から、勅選集《ちょくせんしゅう》をはじめとして、能とか浄瑠璃、俳句、しかも滝沢馬琴《たきざわばきん》の長い小説にも七五調はちゃんとありますから、日本人にとって相当根本的なものだというほかありません。説明ができなくても一つの現象として認めなければならないと思います。

しかし、それだけだったら、つまり、七五調——七つの音節の次に五つの音節があるということだけだったら、散文と詩歌との区別は成り立ちません。なぜなら、馬琴の場合は、だれも『八犬伝《はっけんでん》』を読んでこれは詩だと言わないでしょう。つまり、音節の数のほかに、何かほかの要素がなければ、日本語の場合は、散文になってしまいます。

外国の叙事詩の場合は、リズムとか、韻がありますから、どんな平凡なことを言っても、調子に乗っていたら、詩歌だということがわかります。たとえば『イリアス』の場合でも、実に平凡な行がたくさんあります。たとえば、「それからアキレスはこのように述べた」といった、内容からいうとあまり詩的ではない一行でも、リズムがあり、韻がありますから、どんな人でも、これは叙事詩の一行であって散文ではないということがわかります。

しかし日本語の場合は、内容が詩的でないと、別の言葉で比喩《ひゆ》的にいいますと、何か電流みたいなものが流れていなければ、日本の詩歌は、すぐ散文になってしまいます。これは特に、長歌《ちょうか》の場合は、相当の危険性を帯びる問題でもありました。『万葉集』の歌人たちは、すばらしい長歌を作りましたが、その後の歌人たちは、作品にそれほどの緊張感をこめられなかった。「電流」を自分の長歌のなかに流すことができなかったために、長歌が散文になってしまいました。近世になってから、賀茂真淵《かものまぶち》や古学者たちは、長歌の復活を試みましたが、そういう緊張感を盛り込むことができなかったので、現在では、賀茂真淵の長歌を読む人は、私のような物好きだけでしょう。

奇数の文化と詩歌

先にちょっと七五調に触れましたが、日本の詩歌の一つの大きな特徴に、奇数を喜ぶということがあります。もちろん例外もあります。日本の詩歌には旋頭歌《せどう》とか今様《いまよう》のように、六つの行とか四つの行の詩歌があることはありました。しかしどう考えても、日本の詩歌の主流は、和歌、俳句等にあって、行数が奇数であり各行の音節も奇数であることは、一つの約束です。しかも、これは日本詩歌の特徴であると同時に、日本文化全体の特徴だといわざるを得ません。

逆の方向から申しますと、正倉院《しょうそういん》に保存されているイランの織物がありますが、模様の真中にたての線を引くと、右の方にあるものと左にあるものは全く対称的です。右の方に口を開けているライオンがあれば、左の方にも全く同じようなライオンが反対側に向かって口を開けています。日本では、そういうような、鏡に映したようなイメージを嫌う傾向が、非常に強い。この日本では、あまりにも均整がとれているようなものは、喜ぶどころか嫌われます。不安を感じるのです。

昔から日本人は、中国の都市計画、つまり条坊式の都市計画を真似しましたが、日本のものは必ず、片方へ中心が移ってしまいました。寺の場合でも、もともとは、東の塔に対して西の塔があって、一方にお堂がありますと反対側に全く同じお堂があってというふうに、中国の寺院の真似をしたのですが、私の知っている限り、まだそういうようなもとの計画通りの日本寺院は一つもありません。しかもそれは、焼けたり、雷が落ちて焼失したということではなく、むしろ日本人は初めから、幾何学的な効果を嫌っていたのではないかと思われます。また、日本庭園もそうです。ヨーロッパの庭園と日本の庭園を比較して見ますと、ヨーロッパの場合はだいたい幾何学的なものが多くて、それを見ると何となくヨーロッパ人は落ちつくのですが、日本人はそれを見ると、落ちつくどころか退屈するでしょう。何か変化がなければ、たとえば両側に全然違うものがある「鶴に亀」などでなければ、日本人は満足できないのです。

さらに日本人はどちらかというと偶数を嫌います。中国ではそうでもありません。中国では、「四海兄弟《しかいけいてい》」とか「四書《ししょ》」とかいい、「四」という字は、非常に大切な数字で、また非常に円満な感じを伝えるものです。日本では「死」と同じ音で嫌われているという説がありますが、果たしてそうでしょうか、よくわかりません。また、中国人には四六文《しろくぶん》というような文体がありますが、日本人がその四とか六を嫌うのは何かの理由があったのでしょう。六という場合は、中国には、「六芸《りくげい》」とか「六《りく》徳《とく》」とかいろいろありましたが、日本語の場合は、六には関係のないロクでなしぐらいしかありません。何でも七・五・三になりがちです。八・六・四というのは聞いたことがない。歌舞伎の外題《げだい》も必ず七つの文字か五つの文字で、例外としては三つの文字がありますが（一つの『暫《しばらく》』は俗称がのちに外題になった）、私の知る限り、六つ、あるいは二つの文字を使った歌舞伎の芝居はありません。たとえば『桜《さくら》姫東文章《ひめあずまぶんしょう》』の場合、「東文章」にはあまり意味がなくて「桜姫」だけで十分ですが、「桜姫」という外題はあり得ません。河竹黙阿彌《かわたけもくあみ》の『東京日新聞《とうきようにちにちしんぶん》』という狂言の場合でも、六字を避けるように「日」という字を「ニチニチ」と無理に発音しています。

　いくらでもこういう例はありますけれども、私個人の一つの経験を話しましょう。初めて留学したのは京都で、初めのころは、よくお茶の会に引っ張られて行きました。会が始まる前にいろいろ茶碗を見せられて、どちらがお好きかと聞かれることがよくありました。私はだんだん尊敬される方法を覚えました。つまりそこにある茶碗を見て、一番私の気にいらないものを選んで、「これがいい」と言うと「よく外国人が、このよさを理解できましたね」とみなが驚くのです。たとえば青磁のすばらしい茶碗と非常に美しい形の中国のものと古い沓《くつ》のような形のものがあるとすると、私はその古い沓がいいと言う。みなびっくりして、「外国人にそんなにいい趣味があるとは知らなかった」と言います。つまり、青磁とかそれに似たものは中国人が喜ぶものですが、日本人はもっと変わった、いびつな形のでなければ面白くありません。個性がなければ面白くない。それは奇数と関係があるのではないかと思います。

「本歌取り」の思想

詩歌のもう一つの特徴になりますが、日本の詩歌の伝統的なテーマは、比較的少ない。ある意味ではそれは、日本人の完璧主義の一つの表れかもしれません。完璧な詩歌を詠もうと思えば、何か突飛な着想とか、人をびっくりさせるようなイメージに頼ると必ず失敗に終わると考えられていました。むしろ、水のように澄んでいて、水のようにはっきりした味のないものを完璧なものにするのが、日本人の伝統的な方法でした。

本歌取りという現象は、日本の詩歌に非常に目立っています。これは先代の歌人と同じようなテーマやイメージをもって、自分の新しい歌を詠むのです。ちょっとだけ言葉のニュアンスを変えたり、またちょっとだけ重点を置く所を変えると、それで立派な新しい歌になり、だれも剽窃《ひょうせつ》だと思いませんでした。

こういうわけで、『国歌大観《こっかたいかん》』で桜や花について詠んだ歌を全部読もうとすると、しまいには桜の花を見ただけでむかむかするのではないかと思います。あまりにもたびたび、桜が散るとか桜が咲くということを話題にしているので、次第に、ほかのイメージがなかったのだろうかとか、ほかに花がなかっただろうかと思ってしまうのです。日本には昔からいろいろな花がありましたが、規定された花以外に花のことを歌に詠むことはよくない趣味だと思われていたようです。橘曙覧《たちばなあけみ》は、そのような風潮に向かって皮肉の矢を放ち、「早春には、朝日のどかに、霞棚びく、歳暮には、よする年浪、春ぞ待《また》るる、花には、雨のめぐみ、家づとに折る、月にくまなき影、雪に跡つけわぶる、などやうの詞《ことば》の外《ほか》には、世に歌詞はなきもののごとくになり、百人《ももたり》が百人、一昨年《をととし》も去年《こぞ》も今年も、同じことをのみ、言ひ並ぶることの浅ましさよ」(『囲炉裡譚《いろりがたり》』)と書いています。

同じようなことになりますが、昔の旅人たちは、たいてい先輩たちが行った所へ行きたがったものです。西洋の例と全く逆です。ヨーロッパでは、なるべく、だれも見たことのないような所へ行きたがります。だれも頂上まで登ったことのない山へ行って、自分が一番先に頂上まで登って優越感をおぼえるというのはヨーロッパ的ですが、日本人はだれも行ったことのない所には、興味がありませんでした。たとえば、『おくのほそ道』の話になりますが、芭蕉は、なるべく歌枕のあるような所を回ったのです。日本海を歩いたとき、ある所に歌枕が全くなく、前の俳人や歌人が全然歌を詠まなかったような所で、芭蕉は「その間の九日は暑さや雨のために苦労し、心もなやみ、病気も起きて、句を作らなかった」というふうに書いていますが、これは嘘でした。というのは後で、曾良《そら》の随行日記が現れて来たのですが、その日記には、芭蕉が病気だったということはどこにも見あたりません。そして曾良の日記には文学性は全くありませんから、信用に値するものです。

余情の文学

日本の詩歌のもう一つの特徴は、行動が非常に少ないというか、または、中心となる経験が非常に少ないことです。恋人に会ったとか、恋の喜びとか、そういうことは、まず歌の材料にはならない。恋人が来るのを待つとか、恋人が去ってから、その人のことをなつかしく思い出すとか、つまり始まりと終わりが大切で、真中の個所については沈黙を守るのです。それは一種の礼儀かもしれませんが、ともかくヨーロッパの詩歌と比べて、真中に相当する経験が不思議に欠けているというほかありません。これは恋人同士の話に限ったことではないのです。

一般的に言いますと、日本の詩歌では豊富な内容よりも余情《よじよう》の方が大切です。余情といえば、始まりとか終わりの方が余情に富むはずです。『徒然草《つれづれぐさ》』のなかに兼《けん》好法師《こうほうし》が「万《よろづ》の事も始終《はじめをはり》こそをかしけれ」と書いた通りです。日本人は、歌を詠む姿勢になると、何か歌の三十一の文字以上のことを伝えたい、という気持ちが確かにありました。ですから、いくら桜の花が好きな人でも、桜の花のことばかりを詠んでいたはずはありません。自分の心境とか自分のわびしさ、何でもいいけれども、きっと何か言葉を超えるような感情や感想を間接的に述べていたのです。そして、何でもないきわめて平明な和歌のなかに深みを見つけることが、日本の長年の読者の一番の楽しみだったと思われます。

終戦直後、潁原退蔵《えばらたいぞう》という大変優れた国文学者が書いた『余情の文学』という本が発表されました。その題は言うまでもなく日本の文学を指していました。特に歌の場合、満月よりも三日月の方が詩的だとか、満開の桜よりも蕾《つぼみ》の桜や散っている桜の方が詩的だと日本人は伝統的に考えていました。これは『徒然草』に、「花はさかりに、月はくまなきをのみ見るものかは」と兼好法師が反語《はんご》の形でその考え方を表現しましたが、ヨーロッパ人の多くは、それが反語であることに気がつかないと思います。薔薇《ばら》を描く時は満開、月を描く時は満月という常識があったと思います。しかし日本の場合、やはり、散った後の桜には余情があるので、花が満開のときよりわれわれの感動に値すると思われていました。こういう考え方が日本独特の美意識を代表すると思います。しかもそれは歌の場合に限らない。能の場合でも歌舞伎の場合でも、同じような現象が認められると思います。

幽玄《ゆうげん》ということは、それと関係があると思います。私は今、二つの非常に――私に言わせると――典型的な日本の詩歌をあげたいと思います。二つともよく知られているものですが、一つは、定家《ていか》の歌です。

見わたせば花も紅葉《もみぢ》もなかりけり浦のとまやの秋の夕ぐれ

これは、何の特徴もないような表現だというほかありません。特別に奇抜なイメージもなく、修辞上の面白さも別にありませんが、この和歌から、何か幽玄のようなものを感じない人はまず一人もいないでしょう。そして歌の意味については、いろいろな解釈ができるでしょうが、「花も紅葉もなかりけり」のいう意味は、やはり、たいていの人にとって鑑賞するような現象がないということです。つまりたいていの歌人は、桜の花を見たり、紅葉を見たりすると、歌が詠みたくなり、筆をとりたいということはありますが、定家が描いた風景には、それがないのです。この風景には花も紅葉もない。何があるかというと、「浦のとまや（苫屋）」だけです。私たちには「とまや」の方が詩的に聞こえますが、それは鉄筋コンクリートの建物に住んでいる人の心境でしょう。藤原定家にとっては、「とまや」は決して美しいものではなかったでしょう。自分が住みたい所ではなかったはずです。それにもかかわらず、秋の夕暮のよさを知ろうと思えば、やはり、花もない、しかも御殿のようなすばらしい建築もない、わびしい風景が最もふさわしい、最も深く感じさせるものがあると、感じたのでしょう。

これは、墨絵の世界です。花とか紅葉のような鮮やかな色彩の全然ない墨絵の世界には、華やかな世界よりも深みがあると感じられます。絵を描く場合、紅葉を真赤に塗ると、その紅葉は赤に限られてしまいます。どの人が見ても赤いとしか見えません。しかし紅葉の絵に紅《くれない》の絵具を使わない場合、見る人の眼によって描かれた紅葉の色が違ってきます。墨絵は、どんなすばらしい絵具で描いた絵よりも、私たちの想像力に訴える力があると思います。

もう一つの例は、芭蕉の著名な俳句ですが、同じような世界が描かれています。

枯枝に烏のとまりたるや秋の暮

この句には全く色彩のない絵が描かれています。まず、枯枝に色がついていない。烏は黒いですが、黒は色ではありません。「秋の暮」には二つ意味があり得ると思います。一つは、秋の夕暮という意味です。ちょうど、物の色彩が見えなくなる夕暮です。紅葉とか花の色がわからなくなるときは、暗くなりつつある夕暮です。もう一つの意味は晩秋です。秋の季節の終わりごろ。そのときまできれいだった紅葉が散ってしまい、木に葉がなく、烏のような鳥がいても鶯《うぐいす》はもちろんいない、こういう時期を指していると思いますが、こういう世界では、やはり空白が非常に大切です。空白も、日本の詩歌の一つの魅力であると同時に、それは、日本のすべての芸術の大きな特徴になっています。

まさに反対の効果をねらっているのは、メキシコの壁画です。メキシコの壁画には空白は全くありません。あれば、何かなかに描き入れないと、メキシコ人は落ちつかないようです。"Nature abhors a vacuum."（自然は空白を嫌う）というような英語のことわざもありますが、日本の自然はどちらかというと空白を喜ぶようです。空白によって初めて自然を理解できるようになると考えられています。

日本の古典文学に限らず日本の詩歌のもう一つの特徴は、『古今集』の序に書いてあるように人の心を種《たね》にするものだということです。人の心を種にする詩歌は外国にもたくさんあります。これは決して珍しくないのですが、外国では、人の心とあまり関係のないような詩歌もたくさんあります。しかし日本の場合は詩歌になりそうもない。一例をあげますと、ローマの詩人のルクレティウスが「物の本質について」という論文を哲学詩の形でまとめました。日本では、同じ内容を詩で書こうと思った人はいなかったでしょう。書こうと思ったとすれば、まず漢文で書いたはずです。本居宣長のような学者は、漢文を嫌っていましたから和文で書いたでしょうが、歌の連作で自分の哲学を説明するというような大胆な実験はやれなかったと思います。

日本の古典文学の一つの特徴は確かに叙情的であるということです。逆にいうと、叙情的でないような作品は非常に少ない、ということが特徴になります。外国にも叙情的なものもあるけれども、ほかにもいろいろあります。中国人はだいたいどういう状況で漢詩を作ったかというと、自分の心を種にして書くこともちろんありましたが、それよりも、友だちが昇格したとき、昇格を祝うために漢詩を作ったり、親しい友だちが旅に出かけるとき、旅立ちに際して友人を送るような詩を作ったり、友だち同士がどこかの店の二階で酒を飲んでいて、その時の楽しさを、永遠に残すために漢詩を作りました。恋愛を漢詩の形でまとめた中国人は、いることはいますが、きわめて少ない。

漢詩という詩型を利用する日本人は、中国の影響を受けて、心を種にするような漢詩をあまり作らなかった。漢詩と和歌は国語や型が違っていたばかりではなく、内容にも差異がありました。どちらかといえば、日本語で書かれた古典文学は女性的だったといえるでしょう。外国でもそう思われているようです。たとえばコロンビア大学で日本文学を専攻する学生の全体の七割か八割は女子学生です。そのかわり、中国文学を専攻する学生は、七、八割は男性です。私はここでその現象を分析しようとは思いませんが、一つの事実として伝えておきたいと思います。

日本人は昔から、漢字を男文字とし、仮名は女文字、というふうに区別しましたが、それと関係があるかもしれません。俳句はどちらかというと男性的です。俳句には大和言葉以外に漢語の熟語も相当入っていますが、大和言葉の純潔性を明治時代までずっと守ってきた和歌は、女性的だという感じがします。

座の文学として

もう一つ、日本古典文学の特徴をあげると、座《ざ》の文学が非常に多いということがあります。それは、歌合《うたあわせ》の昔からあった現象ですが、連歌や連句は日本人にとって非常に親しみやすいジャンルでした。中国にも連句みたいなものがありましたが、中国では、文学のジャンルとしては、あまり大事だと思われませんでした。現にたいていの中国人は、そういう文学があることさえ知らないようです。しかも、日本の連句と中国の連句とでは、目的が違っていました。日本人が連歌を作る場合は、なるべく統一性を避けました。同じ季節を、つづけて五つの句より多くに使ってはいけないというような規則がありました。春と秋の場合は五つの句まで、夏と冬の場合は三つの句までで、それ以上つづけて使ってはいけないとなっていました。そのように統一性を阻んだのです。そういうわけで、一人の頭のなかでできたような作品として鑑賞することは不可能です。日本の連歌や連句の面白さは複数の人間が一つの作品を作ることにあり、一人からもう一人へバトンを渡す技術は大変進みました。全体の構造は全然問題にならないのです。それに対して中国の場合は、きちんとした構造があって、一人の詩人が連句を全部作ったというような印象を受けます。日本の連歌の場合、仮に、一人が独吟《どくぎん》で作ったときにも、何となく数人が作ったというような印象をわざとあたえようとしました。

このことと関係があると思いますが、歌舞伎や浄瑠璃の場合、合作が非常に多いのです。『忠臣蔵』というきわめて有名な浄瑠璃がありますが、三人の作者の名前をあげて下さいと一般の人に聞いて、正確に二世竹田出雲《たけだいずも》、三好松洛《みよししょうらく》、並木千柳《なみきせんりゅう》（宗輔《そうすけ》）の三人の名前をあげられる人は、非常に少ないと思います。それは西洋文学の常識からいうと不思議な現象です。つまり、作品を知って劇作家を知らないということはあまりありません。もちろん、無名の作品があります。しかし、ちゃんとした名前がついている作品の作家を知らないということは、日本の文学の一つの特徴で、それはおそらく、合作が非常に多いからでしょう。

もっと極端な例になりますが、私は最近、歌舞伎の名作といわれている『伽羅先《めいぼくせん》代萩《だいはぎ》』を少し調べてみました。『伽羅先代萩』の作者はだれだったかと尋ねても、正確に返事してくれる人にまだ会ったことがありません。理由は簡単です。大勢の劇作家が、題は同じであっても内容の違う『先代萩』を書いたためです。

座の文学や合作と関係があるように思いますが、日本文学全体についていうと、どんなに作品として優れていても、構造が弱いのです。和歌や俳句の場合は、短いですから、構造はしっかりしています。それはいうまでもないことですが、長い作品――物語、または戯曲とか、そういうものの場合は、西洋の伝統と違い、全体の構造がそれほど問題にされていません。アリストテレスの『詩学』のなかに、すべての作品には始めと真中の部分と終わりがあると、そういうふうに書いてあります。私は初めてそれを読んだときに、何というわかりきったことを言う哲学者だろうと思いました。当時の私は、当然のこととして、どんな話にも始まりと真中の部分と終わりがあるから、それは言わなくてもいいだろうと思っていましたが、大変なまちがいでした。やはり、そういうギリシャ的な構造の考え方は独特のものです。西洋文学は、現代の西洋文学も含めて、ギリシャ文学の影響をずいぶん受けていますから、私たちは当然のことだと思いましたが、能《のう》のことを考えてみたことがなかったのでした。

能の場合は、主人公はその作品が始まる前から死んでいる例が多いのです。それは外国の芝居の場合、考えられないことです。つまり、作品の最後にハムレットのような主人公が死ぬことは驚くにたりないのですが、しかし始まる前からハムレットが死んでいたら具合が悪い。ところが能の場合は、たいていそうです。松風《まつかぜ》と村雨《むらさめ》は、『松風』という能が始まるずいぶん前に死んだ人です。そして、松風と村雨という人物については、私たちが知ることができる知識は全部この短い謡曲のなかに述べられています。二人の姉妹が死ぬ前のことを思い出して幽霊としてこの世に戻ってきますが、肉体の重さはなく、過去に対するあこがれの結晶です。シェイクスピアの主人公の場合、人物論が書けますが、松風や村雨には立体性がありませんので、人物論などは無意味でしょう。『松風』の世界は完璧なものですが、われわれはそのなかへ入れません。始まりも真中の部分もない終わった話です。私の知っている限り、西洋にはそういう芝居はありません。

私の教えているコロンビア大学の学生の七、八割は女性ですが、『松風』を読んで最高に感激します。私もそうです。私は毎年のように学生たちと一緒にこの曲を読みますが、こんなにすばらしい文学作品は他にはないと思い、学生たちは「日本語を覚えるのに、五、六年間もかかって苦痛に感じる面が多かったけれども、やっぱり勉強してよかった。『松風』を原文で読めるのは実にすばらしい」、こういうふうに言うのです。教師として嬉しいことですが、一つだけ私には答えられない学生たちの質問があります。それは、行平《ゆきひら》は松風が好きだったのか、それとも村雨が好きだったのかということです。当然のこととして、松風の方が好きだったろうと返事をしますが、証拠はどこにもありません。村雨もけっこう愛されていたようです。しかし、この戯曲の構造の問題に比べれば、たいしたことではありません。この戯曲には始まりがない、真中の部分もない、終わりしかないのです。『松風』という曲は、終わりで始まり、終わりで終わります。それは、アリストテレスが想像もできなかったような戯曲で、しかも立派に戯曲としての効果をあげています。

前に連歌の構造に触れましたが、よく連歌と絵巻物の比較をする人がいます。私もこういうことをいたしますが、絵巻物の場合でも、西洋的な構造がありません。絵巻物は適当に右の手で巻きながら見ていくのですが、そうすると一つの場所、一つの空間が絵になります。しかしある絵巻物の全体を一瞥《いちべつ》することができたら、何の統一性もない、構造らしい構造もないものに見えるでしょう。一年中の花が同時に咲いているように見え、季節感に非常に敏感な日本人の四季に対する無関心に驚くことになるはずですが、もともと絵巻物を全部同時に見ることは絵巻物の規則を無視することになるのです。連歌と一緒です。

構造の問題があったためか、短歌や俳句のような短い詩型が日本文学の特徴になっています。『南総里見八犬伝』とか『仮名手本忠臣蔵』のような非常に長い作品もありますが、日本文学の主流となっているのは、短い作品ではないかと思われます。

もう一つの特徴は、現代日本文学にも現れますが、パラグラフの概念がないことです。つまり、西洋の文章と比較しますと、西洋文学ではセンテンスという単位ともっと大きいパラグラフという単位の機能がかなり違うと思われていますが、日本語の場合は、どんな発言でも、一つの長い文句（センテンス）になる傾向がありす。長い文句が『源氏物語』の特徴の一つですが、これは決して『源氏物語』に限りません。日本語で書かれた文章はそのようになりがちでしょう。

日記から生まれた主観的な物語

私は今まで主に詩歌の特徴の話をしてきました。これから散文の話に移りたいと思います。

日本の散文の第一の特徴を、一つだけにしぼろうとすれば、主観的である、ということではないかと思います。客観的な小説などもいろいろありますが、ほかの文学と比較してみますと、相対的に主観的であることは事実でしょう。特に私たちが一番高く評価している平安朝の物語の場合は、主観的であることが目立ちます。これは数年前の話ですが、私の教え子の女子学生が『夜《よる》の寝覚《ねざめ》』の英訳をしました。同じころに、中国文学専攻の男子学生が中国の明《みん》朝の小説の英訳を完成しました。私は両方の最後の口頭試験に立ち会ったのですが、不思議なことに気がつきました。『夜の寝覚』には出来事らしい出来事がなく、話のほとんどが主人公の頭のなかでなされています。その女性はものを見たり感じていますが、ほとんど行動しないのです。これに反して、中国の小説には、内面的なことは全然なかった。全部行動ばかりでした。

西洋の場合でも、古代ギリシャに小説があったということになっています。私は以前、「日本文学総論」を書いたことがあります。編集者が有名な歴史家のトインビーで、私の書いた原稿に少し手を入れました。どこに手を入れたかというと、『源氏物語』は世界で一番古い小説であると私は信ずる」と書いたのですが、トインビーは、そこに「ギリシャとローマを除けば」と書き入れたのです。私はギリシャの小説は小説だろうかと思いました。これは冒険の多い物語です。船に乗っている人たちは難破したり、その後海賊に出会ったりします。海賊からのがれて、川に飛び込んだり、その川にワニがいたり、次から次へと新しい冒険が連続しますが、内面的なものではありません。人間らしい反応は一つもない。ただ、びっくりするとか逃げるとか、そういうような動物的な反応しかありません。

しかし、『源氏物語』の特徴は、登場人物たちが、相手はどうしてそのことをしたのだろうか、どうしてそんなことを言ったのだろうか、そういうような内面的なことを考えており、それは近代・現代文学に通じていると思います。この点では、平安朝の文学は、ある意味では非常に現代的で、西洋人が英語訳やフランス語訳を読む場合、遠い国の昔話だというような条件をつけて読む必要はありません。日本人が原文を読む場合は、現代日本語と違うから相当の抵抗を感じるでしょうが、英訳を読む場合は、『源氏物語』と「谷崎源氏」は全然変わらないものです。ということで、西洋で『源氏物語』を読んで、その現代性にびっくりする人がたくさんいます。もちろん、現代的ではない面もありますけれども、本質的に、現代的なのです。なぜかというと、それは主観性を持っているからです。

別な見方をしますと、日本の小説は、日記から生まれたと考えられます。日記が自伝になり、自伝から物語になり、というように三つの段階があったのではないかと思われます。西洋や中国の場合は、自伝からでなく、伝記から小説に発展していきました。つまり、伝記は他人のことを書いているのです。そして他人のことを書く場合、その人の内面的な問題とか、その人の苦しみとか、そういう内的なことは、他人として十分理解できないから、その行動とか反応とか、そういうものは描きやすいのですが、その人物が何を感じたか、何を心配したかは書けない。

例外はいくらでもあります。しかし大ざっぱにいえば、主観的なことが日本文学の特徴であると同時に、非常な魅力であると私は思います。西洋では、東洋の文学として一番読まれるのが日本文学ですが、それはこういう面があるからだと思います。しかし、このような、主観的な要素があるかわりに、また欠けている面もありました。たとえば、『源氏物語』を読んで、平安朝の政治問題や軍事的な事柄を知ろうとすれば、物足りないというほかありません。『夜の寝覚』はもっと極端です。一番極端になるのは、『蜻蛉日記《かげろうにっき》』でしょう。というのは、これは日記ですが、書き手は藤原道綱母《ふじわらのみちつなのはは》で、当時の関白の妻でした。当然のこととして、少しぐらい主人から政治問題を聞いたはずですが、全然触れていないのは本当に不思議だというほかありません。幸い書いてない。幸い、というわけは、書いてしまえば面白くなくなるからです。当時の男性たちは漢文で日記をつけていましたが、これらは全然面白くありません。しかし、男性は、和文をあまり書かなかったので、女性たちが平安朝の文学をになったわけです。

『平家物語《へいけものがたり》』は確かに、今までの私の話と違うような傾向がありますが、ヨーロッパの軍事物語と比較してみますと、やはり似た結論が出てきます。『平家物語』は、源氏の勝利を語るものではなく、平家の負けいくさを書いたものです。それは決定的に、ヨーロッパの叙事詩《じょじし》のような文学と違います。『平家物語』の一番記憶に残る所は、敦盛《あつもり》の最期《さいご》とか、その他の人の最期です。だれそれの勝利ではないのです。古代ギリシャやローマの叙事詩を読むと、一人の英雄が十人でも持ち上げられないような巨石を一人で持ち上げ、それを投げつけて何十人も殺した、というようなくだりが多いのですが、『平家物語』にはそういう描写はほとんどありません。

だれもしゃべらなかった言葉で書く

日本文学のもう一つの大きな特徴は、文語体と口語体の問題とつながっています。ヨーロッパに全然ない問題ではなかったのですが、事情が相当違っていました。ヨーロッパの場合、中世の学者たちが好んでラテン語でものを書いたことは事実ですが、ラテン語で小説を書いた人はいなかったでしょう。小説となると、どうしても日常的な会話をそのまま記録しなければならないと思われていたし、当時のヨーロッパ人は、ラテン語では会話をしませんでした。それに反して日本人が、古典の言葉、つまり当時のだれもがしゃべらなかった言葉をそのまま小説にも使ったということは、意外な現象だったと思います。たとえば、西鶴《さいかく》の小説を読むと、当時の会話体で書いたはずだと思われるのですが、実はそうではない。近松の浄瑠璃の場合でも、確かに口語体に近い台詞もありますが、当時の会話をそのまま書いたとは思えないのです。それは、舞台でなければ聞けないような言葉遣いでした。歌舞伎の場合でもそうです。当時の日本人は果たして、「……わいの」と言ったかどうか疑問ですが、それを聴くと、これが芝居の世界だということがわかるのです。日本でも徳川後期になって、だんだん会話体が目立つようになり、為永春水《ためながしゅんすい》やそのあたりから、口語体が相当大きな役目を果たすようになりましたが、日本古典文学全般がだれもしゃべらなかった言葉で書かれたことは、西洋の文学と比較してみて、珍しい現象です。

最後の特徴として私があげたいのは、文学論が非常に早く発達したということです。確かにアリストテレスの『詩学』やローマ時代の文学論がありましたが、ヨーロッパでは中世になってから、文学論が少なくなりました。そして、だいたいルネサンス時代まで、長い間、文学論らしい文学論はありませんでしたが、日本には、たとえば、『源氏物語』のなかに物語論があるし、また、『無名草子《むみようぞうし》』という鎌倉前期の完全な物語論もあります。歌論《かろん》は特に多かった。歌論のほかに、たとえば謡曲《ようきょく》について書いた世阿彌《ぜあみ》の『十六部集《じゅうろくぶしゅう》』などがありますし、連歌論もいくらでもあります。しかも、そういう評論自体が文学だと思われていることも特徴です。つまり、「日本古典文学大系」とか、そういう全集のなかに文学論が何巻も入っています。外国では、アリストテレスはともかくとして、ほとんどないような現象です。

私は、今まで、いろいろな特徴を述べてきましたが、そうすると、日本文学は、全く異質のものとして、外国人にとってきわめて難解なものだろうか、ということになりますと、決してそうではありません。むしろ、外国では日本文学に対して特別な親しみを感じる人が多いのです。それは古典文学の場合でも、近代・現代の日本文学の場合でもそうです。日本文学は、確かに、ヨーロッパ文学といろいろな面で違っています。違っているからこそ、魅力的に感じる人がいます。それは異国趣味とは何の関係もない現象です。異国趣味ではなく、むしろ日本文学の特徴を感じながら、あらゆる人間に共通なテーマや表現があることを発見するという読書の独特の楽しみだろうと解釈したい。日本文学には不思議な普遍性があるということになります。特徴とか特質は、確かに目立つもので、日本文学には個性があり、それと同時に、普遍性があります。そして普遍性があるから、海外でも日本文学が高く評価されているということだと思います。

明治の日記

［一九七七・二］

あらゆる種類の全集が発行されるようになった今日でも、まだ日本日記文学全集が出ないことを不思議に思う。日本文学の中で最も日本的なジャンルは日記ではないかと思うほどであるが、同感する編集者が少ないようである。言うまでもなく、東洋でも西洋でも日記をつけた人は、過去においても現在においても、無数いるだろうが、日記が発達して一流文学となったのは日本だけの現象であろう。

平安朝の官女たちの日記が文学であり、『源氏物語』等の物語の形成に大いに貢献したことは一般に認められており、丁寧《ていねい》な注釈のついた古典文学全集本に入っているが、明治時代の日記はひどく冷遇されているという他はない。勿論《もちろん》、漱石《そうせき》や鷗《おう》外《がい》の日記はそれぞれの全集に入っており、研究家が日記を伝記や評論の資料として大切に利用するが、日記文学というジャンルに属している作品として取扱う批評家のことを余り聞かない。確かに、鷗外が日清戦争の間に付けた日記には文学的な要素が少ないが、正岡子規《まさおかしき》の場合、歌や俳句や評論よりも日記の方が遥かに面白いので、特別に鈍感な学者でなければ、子規の日記を単なる「資料」として片付けることはなかろう。

が、明治文学史には子規の日記の文学性が先ず問題にされていない。子規の日記よりも芸術性に富む啄木《たくぼく》の日記さえ文学史を書く学者に無視されがちで、明治日記文学の最高峰である『ローマ字《じ》日記《にっき》』は一般の読者に知られていないようである。

明治日記文学の傑作は、子規、一葉《いちよう》、啄木、独歩《どっぽ》と有島武郎《ありしまたけお》の付けた日記であろう。その中で一葉の日記が一番有名であり、文庫本にもなっているが、永い間途絶えた日本女流文学の伝統をみごとに復活した一葉の代表作の一つである（『たけくらべ』に次ぐ一葉の傑作だと私は思う）。一葉の日記を伝記資料としてしか考えない評論家がいるかも知れないが、日記に書いてあることを客観的な事実だと思ったら、大変な誤りであろう。かつては馬場孤蝶《ばばこちょう》が指摘したことだが、「私どもは人間に思ひ違ひといふことの無いものとは思つて居無いので、『日記』に書いてあることが尽《ことごと》く客観的に事実だとは見無いのだ。或る人若《も》しくは事件を一葉君の書いた通り其儘《そのまま》に受け取るのは余程閑気《のんき》な人々だと思ふ」と。

一葉の日記は、日常の出来事を記録したような客観性のある備忘録ではないことが明らかである。それなら、一葉はどういう目的で日記を付けていたかというと、多分雅文体を鍛えるためだったただろう。それは日記を付ける動機としてかなり変わっているだろうが、明治時代の日記の中で一葉の日記に特別な文学性があるのはこういう動機があったためだと思われる。

啄木の日記の方はやや違った目的があったように思う。啄木自身は、「日記を書くといふ事は、極めて興味のある事である。書く其時も興味がある。しかし幾年の後にこれを読み返す時の興味は更に大いなるものであらう」と日記を付ける動機を説明した。しかし、それと同時に日記を文学作品に仕上げることも念頭にあっただろう。現に、啄木は明治三十九年三月の日記の一部を「訂正して、『林中日記《りんちゆうにつき》』と題し（其一）五十枚許り《ばか》『明星《みようじよう》』へ送つた」と日記に書いた。訂正された日記はたしかに本物の日記よりも「文学的」であるが、無意識的だったとはいっても、啄木が自分を一種の「田舎詩人」にしてしまったので、元の日記にある生々しさがなくなった。啄木は創作する時でも、日記を参考にすることもあったが、啄木のどの小説よりも日記の方が面白く、文学的に優れていると思う。

独歩の『欺《あざむ》かざるの記《き》』という日記は彼の一番の傑作ではないかと思う。明治二十六年から三十年まで付け続けられたこの日記は当時の日本の若いインテリの燃えるような情熱で溢《あふ》れている。「近頃、北海道移住、農業を営み、独立独行したしとの希望起りたり」と明治二十八年六月に書いたが、北海道は古い日本の煩わしさのない、夢を実現できる処女地と思われたので、独歩は「われ北海風雪のうちに没せんと欲す」と書き、最愛の佐々城信子《さ さ きのぶこ》と結婚してから新婚生活を北海道で送ろうと思ったが、義理の母の強い反対にあって北海道での生活を諦めなければならなかった。

独歩の『欺かざるの記』を読むと、筆者の喜怒哀楽に感激することが度々あるが、それよりも、「ラブ」を発見した明治時代の青年たちのまじめさと無邪気さに打たれる。「嗚呼《ああ》恋愛！　恋愛！　若しただ地上五十余年の肉の生命の香に過ぎずとせば、嗚呼はかなき夢なる哉。吾等青年の時は忽《たちま》ち去らん。一日再び来らず。あゝ神よ。吾等は永久の生命と愛の無窮を信ぜんことを望む。希《ねが》はくば人間地上の煩悩のために、愛の聖を破る勿《なか》れ。高、信、純の徳をたてよ」と書いた独歩はいかにも時代の子であっただろう。

独歩の愛が叶った。明治二十八年十一月十一日「午後七時信子嬢と結婚す。わが恋愛は遂に勝ちたり。われは遂に信子を得たり」と喜んだが、幸福は長く続かなかった。明治二十九年四月十五日の日記に次のように記入した。「吾今机に向つてリンコルン（リンカーン）伝を草しつゝあり。（夜七時）、されど吾が心の底に鉛の如き悲痛の沈みて転ずるを感ずるなり。愛し愛する信子已《すで》に吾が家にあらざるなり。彼《か》の女《ぢよ》の笑声已に吾が家にひゞかず、彼の女今何処《いづこ》にある。……吾等夫婦の行く末は如何。たゞこの際、男らしかれ。忍耐せよ。凡《すべ》て愛を以てせよ。怒るなかれ。」

愛妻との離婚に当面する独歩の表現はロマンチックであり過ぎているから、現代の読者は時々微笑せざると得ないが、誇張した言い方には不誠意が微塵《みじん》もない。読者はむしろ失恋で悩んでいる独歩の純粋さをうらやましく思うだろう。『欺かざるの記』の最後の記入は明治三十年五月十八日付けであるが、前日に出来た『源叔父《げんおじ》』の清書を『文芸倶楽部』へ送ったと書いてある。日記が終ったこの頃から小説家としての独歩が生まれるわけであるが、小説が大変よく出来ていても、日記ほど私に感銘を与えない。

明治の日記の中で異彩を放つものは有島武郎の『観想録《かんそうろく》』である。文学的興味津々たるものであるが、大正十四年刊の全集にしか入っていないので、読もうと思ってもなかなか読めない日記である。その特徴の一つは、大部分が英語で書かれていることとである。有島は子供の時に横浜のミッション・スクールへ通い、札幌農学校を卒業してから四年間ほどアメリカの大学に留学したので、英語に堪能であった。

英語で日記を付けたことに英作文の練習という意味があったかも知れないが、恐らく有島にとって英語でなければ表現できない事柄——宗教、政治、文化論等——があったためであろう。独歩の日記には明治中期の日本人の愛すべき理想主義や無限な知識欲があるが、『観想録』はもっと暗く、明治末期の幻滅感に染められている。

独歩は、「バイロン、ウオールズウオース、ウエルテルの悲哀」を読んだが、十年後に有島がイプセン、ゴーリキー等の読書に耽《ふけ》り、同時代のヨーロッパ人とほとんど変わらない感受性や感情的熱烈さを以てその日その日の感想を日記に書き入れた。有島の傑作である『或《あ》る女《おんな》』の主人公のモデルは独歩の妻であった信子であるが、独歩とまるで違う筆法で彼女を画いたことは、日記の比較で推測できる。

一葉、子規、啄木、独歩、有島はそれぞれ違う観点から明治時代の世相を上手に書いたが、何よりも、新しい日本人を代表する自分たちを日記に描き、永遠性のある人間像を作り上げた。

日米相互理解はどこまで進んでいるか

［一九七六・九・一六］

今日、私はずいぶん長い歴史を、つまり、日米関係を手短に伝えるつもりです。もちろん全部を伝えることは初めから全く不可能です。

まず問題になるのは、いつごろから日米関係が結ばれたかということですが、常識的に答えますと、やはりペリー提督が艦隊と一緒に下田沖に現れて、そのあと日本政府と条約を締結したときからだと思われます。

実はその前から日本人とアメリカ人との付き合いはあったし、別の意味では日本とアメリカとの付き合いもあった。というのは日本人の船乗りが難破して、アメリカのどこかの海岸に漂流民として流されたことが何回もあったからです。幕末のころでも何回もそういうことがあり、かの有名なジョセフ・ヒコとかジョン万次郎《まんじろう》とか、ああいう人たちはまさにその例でした。しかしそのずっと前、千年も前から、そういうような非常に気の毒な日本人がいたはずです。けれども、アメリカという国がまだ出来ていなかったから、日米関係ができたとは言えないのです。

十九世紀の初めごろ、長崎の出島にはオランダの商館があったのですが、ちょうどそのころオランダはナポレオンの軍隊に占領されましたから、オランダ本国から出島へ船を出せなかったので、緊急のことで、アメリカの船で代わりに出島に寄ったということもあります。

ほかにもペリー提督以前の日米関係を示すいろいろな例をあげられます。しかしそれよりも大切なことには、本による知識があったのです。つまり、アメリカ人が日本へ行かなくても、日本人の顔を見なくても、本に現れた日本という国の描写とか、日本の説明を読んで、日本に対して多少の知識を得ることができたのです。りっぱな研究の本があったわけではないのですが、十七世紀の末に出島へ来たドイツ人のケンペルという医者が書いた『日本誌《にほんし》』という大きな本があります。二百年たっても相当意味のある本で、英訳されてアメリカで知られたわけです。もう一人、もっとあとのほうですが、十八世紀の末ごろに、オランダの商館に勤めていたトゥーンベリというスウェーデン人も日本について書いています。もう一人はシーボルトというドイツ人でした。

残念なことには、あんなに長い間長崎にいても、オランダ人はあんまり長崎のことを書かなかったわけです。例外は多少ありましたが、ともかくアメリカ人がもし、日本のことをもう少し詳しく知ろうと思ったことがあったとしても、以上の本しかありませんでした。

一方、日本はどうかというと、やはり同じようなルートで、つまり長崎にいたオランダ人から、アメリカその他の外国について知識を得たのです。

例えば、十八世紀の末ごろに生きていた本多《ほんだ》利明《としあき》という蘭学者は、日本のさまざまな経済問題の解決としていちばんいいことは、海外への発展だと主張しました。日本の首都は、京都と江戸であるべきでなく、むしろカムチャツカのほうがよさそうだと思っていました。彼は世界地図を見て、緯度からいうとカムチャツカはだいたいロンドンと同じところで、そのロンドンは有数の優れた町だから、カムチャツカに日本の首都を建てたらきっと日本は非常に盛んになるだろうという、極めて安易な、極めて間違った説を書いたのです。そしてカムチャツカにとどまらないで、アリューシャン列島、そしてアメリカも、日本の領土であるべきだと、本多利明は論じました。そのころ日本は鎖国時代でしたから、彼の説に誰も耳を傾けなかったのですが、しかし、こういう説があったことは、やはりアメリカという国があるということを日本人が知っていた証拠になるわけです。

もう少しあとですが、全然立場の違う国学者であった平田篤胤《ひらたあつたね》も、アメリカのことを時々書いておりました。彼の話によると、世界の地図を見ると——世界の地図があったということが分かります——ロシアとかアメリカというような大きな国があるが、そういう国には人間もいないし、植物もろくにない。だから、いくら国が大きくても、悪い国といい国は全然違う、というわけです。彼が言いたかったことは、日本は小国だが最高にすばらしい国で、アメリカやロシアは単に大きいばかりで、国柄が悪いから自然に恵まれているなどとは言えないというわけでした。

この二つの発言は極めておもしろいのですが、日米相互理解のために特別に貢献したわけではないと思います。やはり開国になって初めて、日本とアメリカは相互理解が可能になり、最初の付き合いのころから、アメリカが日本にいろいろ影響を及ぼしたに違いないのですが、ヨーロッパ諸国が及ぼした影響とは根本的に違っていたと思います。

開国当時の日本人にとっていちばん大事だったことは、やはりヨーロッパの諸国からいわゆる高等文化を学ぶことでした。理由はいろいろ考えられますが、アメリカは当時は若い国だったし、それほど文化が進んでいなかったからです。それだけではなく、明治維新のとき、つまり一八六八年ですが、西洋の列国の中でアメリカだけが共和国だったのです。当時の日本人にとっては、共和国は何となく危ない、日本と相容れないような存在だと考えたのではないかと、私は思います。ということで、例えば教育の場合はフランスをまねする、軍隊の場合もフランス。あとで国会ができたころにドイツをまねしたわけです。外国の礼儀作法とか洋服などの場合は、やっぱりイギリスのほうがいい。こういうふうにして、高等文化をヨーロッパから学ぶことになりました。

このような選択は日本人の偏見だとは言い切れないと思います。当時はアメリカ人でも同じようなことを考えていたに違いないのです。当時のニューヨークの人とかボストンの人でも、りっぱな洋服が欲しいときには、ロンドンとかパリへ直接注文したはずです。そして、この伝統はまだいまの日本にかなり残っていると思います。高級文化はやはり、ヨーロッパから求めるものだと一般に思われているようです。

それでは、アメリカの影響はどういうものであったかというと、ヨーロッパからの影響とは全然違うものでした。つまり大衆文化としての影響が極めて強かったのです。恐らくアメリカの影響のほとんどは大衆向けのところにあるのではないかと思います。例えば、生活の様式では、それが日本独特のものでなければ、あくまでもアメリカの影響を受けた上で変化したものだと思われるのです。

別の角度から同じ観察ができます。現在日本の輸出品で、どういうものがいちばん得意であるかと言うと、まず電気製品とかカメラとか自動車とか、テレビとかです。しかしこれらはかつて全部アメリカから輸入したものです。今ではアメリカの発明か、日本の発明か分からなくなったほどです。日本人の毎日の生活は、電気製品とかカメラとか映画とか、そういう大衆向きのものによって、ヨーロッパ人の生活と相当変わってるし、現在の日本はそういう物質的な面を除いては考えられません。

要するに日本人は、アメリカ人と共通して便利なものを喜ぶ人種だと言うほかないのです。便利なもののためならどんなものを犠牲にしてもよろしい。例えば、新しい電車の線路を敷く場合は、その線路の真ん中に奈良朝からあったお寺があっても、便利のためだと思えばそのお寺を片付けて、電車が三分速く大阪に着くように新しい線路を敷く。これはちょっと極端な例ですが、ともかく便利なものが文化であるというふうに思われてきたのは、大衆性のあるものはいいものであり、その大衆性を日本人はアメリカから学ぶべきものだという結論を得たためではないかと、私は思います。

そうかと言って、アメリカのほかのもの、特別に便利でなくても、もっと高級なものが日本に知られてないかというと、そうでもないのです。アメリカ文学の日本語訳はかなり進んでいるし、その翻訳も優れています。しかし、だいたいにおいては、アメリカ文化というものが日本人の目に映る場合は、もっとも大衆的なものだと言えるのです。

そして、日本人がアメリカの生活をどういう方法で理解しようとするかと言うと、それは主に本によるものではないはずです。映画とかテレビとか、つまり大衆的な芸術を通じてアメリカを見るのです。

例えば、日本人が帝政ロシア時代の生活を知ろうと思ったら、やはりトルストイとかドストエフスキーとかを読めばいい。または十九世紀のフランスの生活がどうであったかを知ろうと思ったら、バルザックを読めばいいのです。

しかし、アメリカの生活を知ろうと思ったら、近道はやはり映画です。現在の日本人のアメリカ知識については、映画が非常に大きな役割を果たしてきたというほかありません。アメリカからはそのほかいろいろな流行が日本に入ってきました。今年（一九七六）はアメリカの建国二百年になりますから、どこを見てもアメリカのマークとか星条旗とか、そういうものを見かけます。大型トラックにアメリカの国旗が貼ってあるんですが、それはその運転手が親米派という意味にならないと思います。また、ちょっと意外なところにもアメリカの国旗が描いてある。例えばサンダルによくついています。アメリカの国旗を踏んでもいいでしょうかと、愛国主義者は言うでしょうが、残念ですが、私は愛国主義者ではないのです。

また、日本の大衆的なスポーツ、例えば野球とかそういうものはやはりアメリカから入ったものです。

もっと広い意味では、日本人の多くは、漠然とした観念で、外国と言う場合はアメリカを指してることが非常に多い。例えば日本が小さい国だという話をする場合は、どういう意味かというと、アメリカと比べて小さいのです。イギリスと比べたらイギリスのほうが小さい。ベルギーと比べたら問題なしに日本は大国に違いない。日本人が外国にこれこれがあると言うとき、なんとなく頭の中で多くの場合はアメリカのことを言ってます。そして、日本にないようなすばらしいものが外国にあると言う場合は、それはだいたいアメリカのことをさしています。間違っていてもだいたいそういうふうに言ってるのです。生活水準は外国が高いと言う場合は、それは決してノルウェーの話でもないしスペインの話でもない。だいたいそれはアメリカの話です。

今まで私は、日本人のアメリカ観について話しましたが、これから少しアメリカ人の日本観についての話をしましょう。

アメリカと日本とは特別な関係が長いのです。西洋の列国の中でいちばん長いのはむろんオランダです。オランダは出島時代から現在まで日本と国際関係を保ったのですが、しかし、オランダは現在ではどちらかというとあんまり大事な国ではありませんから、ハリスの時代からの日米関係のほうがより重要であると言うほかはありません。アメリカ人は日本に対してだいたいにおいて特別の親しみを感じているのではないかと、私は思います。

具体的な例を二、三あげますと、岩倉具視《いわくらともみ》とその一行が初めてアメリカへ行ったときに相当な騒ぎがありました。当時のアメリカのいちばん優れた詩人であったホイットマンが、その日本人たちについて長い英詩を書いたし、一行がホワイトハウスを訪ねて大統領に会ったりもしていますので、相当優遇されたと言わざるを得ないのです。

また、日清戦争のころヨーロッパの諸国はだいたい中国派だったのですが、アメリカは日本びいきでした。当時の日本人が書いた記録を読みますと、アメリカにいる日本人は、非常な人気があったのです。アメリカ人は絶対日本のほうがいいと思っていたようです。日露《にちろ》戦争のときは言うまでもないことですが、アメリカは明らかに日本を支持していました。そして、戦争が終わったのはやはりアメリカの当時のルーズヴェルト大統領のおかげですが、彼は青年のころ『忠臣蔵《ちゅうしんぐら》』の英訳を読んで感動し、日本に肩入れしていましたから、そのことが例のポーツマス条約に大いに役立ったと言ってもよろしいと思います。

それにもかかわらず、一般のアメリカ人が長い間日本について全く関心がなかったということは本当でしょう。つまり一般のアメリカ人は日本と何も関係がなかったし、外国へ行くという場合も、それはやはりヨーロッパへ行くという意味だったのです。東洋人を見たら、中国人だろうとみんな思っていたでしょう。日本人は珍しく、中国人が多かったからそれは当然だったと言えます。

しかし、ヨーロッパ人と比べますと、アメリカ人はいつも親日的だと言えると思います。個人的経験ですが、私は終戦直後、イギリスの大学で日本のことを教えておりました。そのころ私は、職業を聞かれると、はっきりと日本文学を教えていると言いましたが、当時のイギリス人、——私はもちろん現在のイギリス人の話をしておりません。――三十年前のイギリス人はみんな驚いた顔をして、どうしてあんな猿まねの国の文化を勉強するのかと問い、どうせならなぜ中国のことを勉強しないのか、と何回も何回も同じことを言われました。しまいにはしかたがないので、職業を聞かれたときは、「東洋語をやっています」と、あいまいにしていました。しかしそういう日本に対する態度は相当根深いもので、まだヨーロッパに多少残ってるのではないかと私は思います。ともかく日本文化の源泉は中国にあるのだから日本研究は二次的なものに過ぎない、と思うインテリは案外多いと思われます。

もう一つ違う方向から日米関係を見るために、宣教師のことを少し話したいと思います。宣教師の仕事は二通りあったわけです。一つは、彼らにとってはいちばん大事な仕事はキリスト教の布教伝道でした。日本に来まして、場合によっては非常に苦しい生活をしながらどこかの山村で没我的にキリスト教を教えたわけです。私はその人たちの努力を高く評価しておりますが、日本文化にどのくらい影響を及ぼしたか非常に疑問に思ってます。

また、その宣教師たちにはもう一つの役目がありました。それはアメリカ人に、またはヨーロッパ人に日本の事情を伝えることでした。その役目を上手に果たした人もいました。そういう宣教師が一生懸命に日本の紹介を書いたことで、外国人はより正しく日本の事情を知るようになりました。

だが残念なことに、現在そういう本を読む人はまずいません。つまり当時の文献として貴重なものなのです。明治十五年ごろに、日本人はどういう生活をしていたか知りたい場合は、彼らが残した文献を読むと、日本人の毎日の食べ物がどうであったか、職業はどうであったかなどを外人の目を通して見られるのです。しかし、もっと詳しくさらに正確に日本の歴史とか文化を知ろうと思ったら、要するにもっと日本を理解しようと思ったら、あんまり役に立たないのです。

アメリカの宣教師は日本理解のためにそれほど貢献しなかったと、私は思います。外交官はどうだったかと言うと、残念ながらアメリカの外交官はほとんど何も書物を残さなかった。ハリスは確かに日記などを残し、それは文献としても極めておもしろいものです。しかし日本の研究家として見事な遺産を残したのは、むしろイギリスの外交官です。彼らには全くすばらしい功績があったと言うほかありません。

私はかつて、ケンブリッジ大学の図書館に保存されているアストンという英国の外交官の手帳を見たのですが、彼が日本語の勉強を始めた時のノートはかなり残っている。当時は今と違って辞書らしい辞書がなかったし、もちろん教科書は全然なかった。彼は当時、一般の日本人が読んでいるような本を誰か家庭教師と一緒に読んだのです。想像してもゾッとしますが、あのころは今と違い、仮名は統一されていませんでした。ほとんど変体仮名です。アストンは初めのうち、十種類ほどの「す」とか、十種類ほどの「は」は同じものだということが分からなかったのです。「すべて」の「す」と「論ずる」の「す」とか「押す」の「す」は、全部違う「す」だと思っていたのです。それを、全部覚えなければならなかったのです。日本語を勉強することは決してやさしい仕事ではありませんが、アストンたちがやったような勉強を考えますと、どうしても感謝しなければならないというような気持ちがします。

次に今日の理解の話をしようと思いますが、理解は知識よりもはるかに話しにくい課題です。知識と理解はどう違うかと言う相当複雑な問題にぶつかります。例えば、「私のやっていることをもう少し理解してください」と人に言う場合は、もっと知ってください、もっと詳しく調べてくださいという意味ではないはずです。もう少し理解を持って、もう少し愛情を持って、もう少し私の特別な立場を考えた上で、というような要素が入っているはずです。

ということで、単なる知識で外国を理解することは不可能だと私は思います。長いあいだ外国人は日本に対して多くの知識があっても、理解はなかったのです。愛情だけがありましても、それも理解とは言えないのです。例えば、誰それという観光客が日本に来て、日本は美の国だとか、富士山の姿が何とも言えないとか、そういうようなことを言っても日本を理解してるとは言い難いのです。いくら愛情を持っていても、いくらすべての日本を愛していても、それは理解だと言い難いのです。

戦前はだいたい知識と愛情は全く別々でした。戦前の本で、日本理解のものを捜そうと思ったら難しい。日本のことを理解させてくれるような本が出始めたのは戦時中でした。戦時中と、もちろん戦後です。

一つだけ例をあげると、『菊と刀』という本があります。現在の日本では評判がまちまちです。けなす人はかなりいるのですが、私の目からすると、非常にすばらしい研究です。書いた人は、日本へ来たこともないのですが、優れた知識のある人類学者で、しかも愛情のある人でしたからそういうような本ができました。

戦時中たくさんの若いアメリカ人が日本語を覚えさせられたことは、非常に日米の理解のためによかったのです。それは逆説のように聞こえるかもしれません。戦争があったために日米関係がよくなったということは、何という不思議な結論でしょう。戦争というものは、決して理解のために戦うものではないし、私は平和主義者として戦争は大きらいです。

戦争のおかげで、どうしても日本のことを知らなければならないと思われ、アメリカの一流大学の成績のいい学生を選んで、その人たちに無理やりに日本語を教えたのです。現在活躍している日本学者のほとんどがその頃日本語を覚えました。戦争に勝つために外国語を覚えたわけですが、知らぬ間に、言葉だけではなくて、日本人ないしは日本文化をよりよく理解するようになりました。

ということで、そのときまで理解に値するようなことはなくても、わずかな人の間で、戦争の途中からだんだんそういう理解が芽生えたと私は思います。

終戦後アメリカの軍人がたくさん日本に来ました。多くはそれまで日本にあんまり関心がなかったのですが、それをきっかけに、初めて日本文化があるということを知って、アメリカにとって日本は大切な国であるということを一種の自覚として分かったのです。そして、そういう人たちの中から日本のいい理解者がかなり生まれました。

その後、留学生がかなり日本に来ました。フルブライトのお金で何千人もの日本人がアメリカに留学し、千何百人ものアメリカ人が日本に留学したということです。

もちろんその留学生の中には不愉快な経験があって、留学した国をきらう人もいました。しかし多くの場合は留学した外国を理解するようになりました。つまり、そのときまで「日本人は……」というふうに平気で言っていたのが、留学の経験があったために、「日本人は……」というような表現を避けて、「私の友達は」とか「私の下宿のおばさんは」とか言うふうになります。そのときになって初めて理解が生まれると、私は思います。

あらゆる形で日本文化に対する知識が深まってきたと言ってもいいでしょう。例えば、現在ニューヨーク市内に、日本料理店が二百軒もある。その二百軒の料理が全部おいしいかと言うと、決してそんなことはありません。しかし、戦前には二、三軒しかなかったのです。つまり百倍ぐらいその数が増えたのです。それ自体はあんまり重大なことではないのですが、一つの証拠として、日米関係がどんなに密接になったかお分かりと思います。

日本人のアメリカに対する理解はどれぐらい高まったか、アメリカ人の日本に対する理解はどれほど高まったかは、もちろん計ることは全く不可能です。しかもそれは見る人によってもちがいます。

まず「理解」という場合、いちばんの問題は誰が理解するかということです。専門家ならその返事は割合しやすい。現在の日本の専門家、例えば日本のアメリカ文学者、アメリカ歴史家、アメリカ政治学者は、私に言わせると、アメリカのことを理解しています。日本のアメリカ文学者は、私よりもアメリカ文学をよく知ってるということを私は認めています。

ところが、私が一般の日本の人よりも、例えば近松のことをより理解していると言いましたら、不愉快に思う日本人がかなりいるのではないかと思います。そう思わない人でも、日本人として恥ずかしいと言うかもしれないのです。日本人として恥ずかしいという表現には全く理解に苦しみます。私はもう三十年前から近松の研究をやっているのですから、一般の日本人よりも詳しくなければ、私の頭はどうかしていると言うほかないんです。私が日本人より詳しいとしても、日本人がどこが恥ずかしいか、私にはさっぱり分からない。一種のお世辞に違いないのでしょうが、「日本人として恥ずかしい」というような表現を実に度々聞いてきました。決して恥ずかしい次第ではないし、むしろ非常に喜ぶべき現象だと思うべきなのです。日本人が私よりアメリカの政治をよく知っていることは、結構だと思いますが、うらやましくは思いません。政治そのものにそれほどの関心がありませんから。

二十年前の話を二つ申し上げましょう。日米相互理解の話としては特殊なものかも知れませんが、私の友達で、元文部大臣の永井《ながい》道雄《みちお》さんがアメリカへ留学していたとき、アメリカの中西部の小さい町で講演したことがあります。講演のあとで、永井さんは町長さんの奥さんの隣で食事をしました。奥さんはたいへん話題に困ったようで、いろいろと考えた末、永井さんに「日本でも雨が降りますか」と聞いたんです（笑）。

もう一つは私自身の話です。二十年前、私は京都で下宿しておりました。ある夜、月のいい夜でしたが、私のところのおばあさんと一緒に庭に出て月を見てました。そのおばあさんは私に、「アメリカにも月がありますか」と聞いたのです。たいへんかわいらしい話でしょうが、まだこのような初歩的な誤解が残っているはずです。しかしどちらかというと、少なくなったのです。二十年前か、五十年前なら、一般の人は同じような誤解をしていたでしょうが、現在よっぽどのおばあさんでなければもう聞けない話になりました。

ところが、もう一つの迷信が――迷信と言ってもいいと思いますが、日本に残っている。ある意味では、これが日米相互理解の邪魔をしてるのではないかと思います。それは、外国人が刺し身を食べないという迷信です。私のことを知らない日本人と話し出すと、国を聞かれるし、職業を聞かれるし、そして、三番目あたりの質問は、刺し身でも平気ですかと聞くのです。このような質問は実はどうでもいいと思います。仮に私が刺し身を見てムカムカするとしても、日本を理解していないと早合点してもらいたくない。実は私は刺し身が大好きです。「刺し身を食べます」という札を胸に付けてもいいとさえ思っています。それとも「食べます」だけでも十分でしょう。どうせ質問はいつも刺し身のことです。ほかのことは聞かれないんです（笑）。それが一つです。

さらにもう一つ、日本語は外国人に絶対話せない、そして外国人が仮に話せても、絶対読めないという迷信です。この迷信は非常に根強いのです。三十年前から日本のことを勉強していても、まだ私が日本の漢字を読めないと思ってる人たちが圧倒的に多い。私が外国で日本文学を教えていると知っていても、私が日本の文字を読めないと確信しているんです。そんなに難しいでしょうか。もし、そんなに難しいものでしたら、日本国民はみんな天才ばかりだと言うほかないのです。つまり小学校しか出ていない日本人でもかなり読めるのに、三十年間勉強しても「佐藤一郎」という名前を外国人が読めないというのはどういうことでしょうか。

ともかく、そういうような迷信とか、外国人が理解できるということを否定するような態度は、相互理解の邪魔になると私は思います。

アメリカ人も理解の邪魔をするような迷信を持っているのです。しかし、アメリカ人の迷信は、日本人の迷信とまさに逆です。日本人は、外国人はどうしても日本のことを理解できないと思いこんで、一応嘆きますが、と同時に、外国人に分かってもらえないと思うと、何となく優越感を覚えるのです。「やっぱり日本人でなければこの食べ物のおいしさは分からない。日本人でなければこの花の美しさが分かるはずがない。日本人でなければ天気のいい日のよさが分かるはずがない……」。これは極端ですが。

ところがアメリカ人の場合はどうかと言うと、アメリカ人は、日本人はみんなアメリカのことを知ってるはずだというふうに思っている。英語をゆっくりしゃべったら、どんなに頭の悪い日本人でも分かるはず、分からないようならばそれは分からないふりをしてるからだ、みんな分かってるはずだと思うのです。そして、アメリカの食べ物なら日本人は食べているに違いないと思っているのです。

例えば、外国人が日本の着物を着るとか草履を履くとか、そういうことがあったら、日本人は何となくおかしいと思う。何となく変です、やっぱり着物は日本人でなければ無理だと言うでしょう。しかし、アメリカ人はまさに逆です。日本人が着ているシャツの胸に自分の大学の紋が描いてあれば、とてもうれしくなる。やっぱり日本人もアメリカ人も全く同じものを喜ぶのだと思いたがるのです。そして、日本人がアメリカ人と違うと気が付いたら、時間の問題にすぎない、いずれそのうち全く同じになるに違いない、と思います。

それはとんでもない話ですが、もちろん悪意はないのです。日本人の立場にもアメリカ人の立場にも、全く悪意がない。しかし、悪意がなくても相互理解のためによくないと私は思います。私はいちばん最後に、そういうような悲観的な話はしたくありません。私は相互理解が年ごとに深まっているに違いないと思っております。

私は昨日、私が教えている大学であるコロンビア大学から手紙を受け取りましたが、それによると日本語専攻の一年生は、今年（一九七六）六十五名です。以前は五人もいればいいほうだったのですが、六十五名だし、そしてどのぐらいが来年残っているか分かりませんが、ともかくその関心が非常に高まっていることは間違いありません。私が学生のころには、日本製品というものは安っぽく、すぐ壊れるものだというふうに思われていましたが、現在、海外での日本のイメージがガラリと変わったように、日本語に対する関心も随分高くなりました。

その当時の情況から考えますと、まさに百八十度の転換があったと言うほかはありません。まだまだいろいろ課題がある、まだまだ日米相互の理解のためにやるべきことはいっぱいあると思いますが、しかし、私は楽観的に考えてます。悲観的に思ってもしようがないことです。私の仕事として、やはりアメリカ人が日本に対する知識を高めることにあります。完全な理解には、やはり知識だけではなく愛情も必要だと私は思います。もしもアメリカ人の日本に対する理解がもっと高くなってほしいと思いましたら、さらに日本に対する愛情を高めることが必要ですし、私に言わせると、それはあなた方の責任だと思っております。それが私のいちばん希望することでございます。

国際語としての日本語

［一九八三・三・一］

基本的日本語の発明

日本語を国際語化させると言ったら、大部分の日本人は驚くに違いない。国際コミュニケーションの苦手な日本人を作った最大の原因が、この日本語という他の言語とは相通じえない独特の言語にあると思っているからだ。

しかし、現在でも、日本語は国際語になっている。例を挙げるなら、言葉の次元は高いものではないが、世界中の大きな土産物店《みやげものてん》では、日本語が通じるようになっている。これは十年前には考えられなかったことだが、ウィンドーに「日本語話します」という文字をよく見かける。店員が物の値段とか、売り買いに必要な簡単な日本語を覚えているのだ。

もっと高い次元でも、日本語の国際語化は実現している。たとえば、国際会議でも日本文学や歴史に関するものは、ほとんど通用語は日本語である。私の知る限り一番古いものは、十年前、京都で行われた「室町時代の日本」という日米間の会議である。出席者の半分がアメリカ人であったにもかかわらず、討論はすべて日本語で行われ、通訳はなかった。その時、自分の意見を十分に述べられなかったという、アメリカ人からの不満はなかったわけではないが、これでよいという感想が大半だった。いつもは日本人が国際会議にのぞんで、不自由な英語を駆使して発表しているのと、立場がまったく逆になったわけだ。それ以来、何回も同じような形で会議が開かれている。昨年も日仏間の会議で、発表は一例を除いて、全部日本語で行われた。

このような会議の数は少ないし、規模もまだ小さいが、日本語が国際語化している例があることはある。買い物などの低い次元に対し、これはひどく高度な次元だ。問題は、その間のことである。

今まで、日本人の努力はつねに外国語をマスターすることにあり、外国人に日本語を教えることにあまり力を入れなかった。日本語は、むずかしい規則がたくさんあって、とても面倒だ。特に敬語の問題とか、一つのものにいくつもの呼び方をするものは、非常にわかりづらい。

先日、私がクツを直しに行ったときのことだ。行く道すがら、これは〝修理〟と言うのか〝修繕〟と言うのか考えていた。修繕の繕という字は糸へんで、クツの直しは糸を使うから、これはきっと修繕に違いないと思って、クツ屋さんに「これを修繕してください」と言ったところ「ああ、修理ですね」と言われた。

まだある。銀行へ行くとハンコのことを印鑑と言っている。区役所では実印で、郵便配達は認めと言う。同じハンコなのに場所によって呼び方が違う。このように細かい言い方をするのは日本人のくせで、例を挙げるときりがない。日本人とつき合うとき、たえず正しい言葉を使っているか、心配しなくてはならない。

もっと外国人にもわかりやすい、基本的な日本語を発明したらいいと私は思う。文字はひらがなだけを使い、敬語をとりはらって同意語を統一し、今までの日本語とは違うまったく新しい日本語を、国際語としてもう一つ別に作るのだ。これは、外国人と話すときだけ使う言葉である。

私が思うに、日本人は日本国内でも同じようなことをやっている。地方から上京した人は、方言は使わず標準語を使っている。国際語としての日本語は、いわば国際間の標準語と考えればよい。

それはあくまでも国際間の通用語であって、文学上の言葉に制限を加えるというのではない。むしろ、文学は自由であってほしい。しかし、新聞はもう少し考えてほしいものである。現在、当用漢字は増やしていく傾向にある。ひらがなばかりにはできないが、漢字はもっと減らすべきだと思う。少なくとも、第一面のトップ記事は一番大切なので、国民のすべてがわかるように書いてほしい。ところが、どちらかと言うと一面の記事はわかりづらく、大ていの人は読みたがらないで、うしろから読む人が多い。たとえば、青森県かどこかで自動車にひかれた子供の記事を見たところで、その事故自体は大変残念なことだが、国民の全部が知らなければならないというわけではない。第一面に載るような、国民にとってもっと大事なことが、ほとんどわかっていないという現実のほうが、ずっと重大である。新聞は、もっとわかりやすく書くべきだと思う。

外国では通じない外来語

最近のマスコミの傾向のひとつに、外来語の氾濫がよく言われるが、外来語はあったほうがよいと、私は思う。日本にない物や適当な表現のできない場合は、外来語を使うほかない。とくに最近のコンピュータ用語などは、ほとんど英語である。

日進月歩で、新製品が開発されているこの世界では、日本語に翻訳するまえに、新しいシステムや製品がでてしまうからであろう。

しかし、日本人は必然性のない言葉まで外来語を使うから、問題提示されてしまうのだと思う。

たとえば〝トイレ〟。トイレという言葉を使う必然性は、まったくないはずだ。〝便所〟がきれいな言葉でないと思うなら、ご不浄とか、お手洗とか言えばよい。それでもトイレと使いたければ使えばよいが、そのとき、私が思うのは、完全な形で使えばよいのに、ということだ。トイレはトイレット。外国でトイレといっても通じない。せっかく外来語を使っているなら、外国へ行ったとき実際に役立つような使い方をするのが当然だと思う。しかし、日本人は平気で言葉の初めや終りを省略して使う。駅の〝ホーム〟という言葉も、最初、私が聞いたとき、何のことかさっぱりわからなかった。ホームと言えば、自分の家以外に考えられなかったのだ。正確にはプラットホーム。明治時代の人は、プラットと言っていた。それがいつホームに変わったのか知らないが、今ではみんなホームと呼んでいる。残念ながら、ホームと言ってわかる外国人は、百万人中一人もいない。外国へ行って、「ホームはどこか」と聞いても、聞かれた人は、せいぜい紙に自分の住所を書いてよこすのが関の山であろう。

そういう例は大変多い。以前、日本の言語学者が言っていたが、日本人は四、五音節以上の外国語は、大てい省略してしまうという。プラットホームという言葉は長いから、短くしてしまう。十両編成は止まれない。

ロサンゼルスをロスというのも同様、アメリカでロスと言ってわかる人は誰もいない。どうせ省略語を使うなら、LA（エルエイ）と言ってほしい。これならすべてのアメリカ人に通じる。ロスというのは文字どおり、〝ムダ〟なことである。

このような言葉は、外来語といっても、日本でつくった和製英語であるから、英語にはない言葉である。

和製英語にはもうひとつ、いくつかの英語をくっつけてつくる言葉がある。たとえばファンタジックなどが、それにあたる。ファンタジックという言葉は、英語のfantasy（幻想）とicを合わせ、fantasicとして、幻想的な、という意味で使われている。私でも、なんとなくその意味は理解できる。

しかしながら、前にその種の言葉で大変気になったことがあった。三木《みき》武夫《たけお》氏が総理大臣になったころのことである。彼を悪くいう人は、彼のことを〝ungovernability〟と言っていた。これは明らかに、英語式に考える意味とは、逆に使われていた。

英語式に考えると、他人がその人を govern（支配）できないという意味になる。つまり、他人の言うことをきかない人、従順でない人のことと考えられる。それを、三木総理が ungovernability であると言っている人は、彼が人を支配する能力のない人、という意味に使っている。意味が反対になってしまったのである。

和製英語は、普通、日本語と同じあつかいで、日本だけで用いられるものであるから問題はないにしても、外国人に使う場合は、前述のような意味をとり違えていることも少なくないので、十分気をつけた方がよいだろう。

ところが、おもしろいもので、最近はこの和製英語がアメリカなどで見直されている傾向がある。野球のナイターという言葉は、れっきとした和製英語で、英語ではナイト・ゲームと言う。ナイターと言ったほうが、ずっと簡潔で明快であることから、アメリカでは、最近ナイターと言われはじめているようだ。

日本語はやさしい言語である

外国人とつきあうための国際語に話を戻そう。

日本に来た外国人が、まず初めにとまどうのは、聞きなれない日本語もさることながら、まったく見たこともない文字だろう。とくに漢字は難解きわまる印象をあたえる。街を歩いても、看板が読めないから地名もわからず、方向もわからない。よほど旅なれていないかぎり、一人ではどこにも行けない。漢字は日本人には想像もできないくらいむずかしいものである。

国際語をひらがなで統一することは、外国人にとって大きな意味をもつ。ひらがなは、頭のいい人なら一日で読めるようになる。以前私がハンガリーへ行ったとき、英語とは全然違う言葉のため、まったく言葉がわからなかった。しかし、文字はアルファベットであるから、地名はほとんど読めるし、書かれている言葉の意味はなんとなく伝わる。日本人が中国語を見て、発音はわからなくても、漢字から少しだけ意味がわかるのと似ている。私の場合、ハンガリー語は母国語と文字は同じだから、三年もあれば十分覚えられるであろう。

このように、文字だけでもわかれば言葉は非常に覚えやすいものなのである。その上、敬語の問題が解決し、同意語が統一できれば、日本語はやさしい言葉になるに違いない。

日本語の長所は、スペルの問題がなく、話している言葉がそのまま文字に置き換えられることである。そして、日本語は話し言葉と読み書き言葉が一致する数少ない言語なのである。日本人が作文をするとき、必ず「話しかけるように書きなさい」と教えられる。しかし、外国語はこうはいかない。本に書いてある言葉と日常会話との間には、かなり開きがあるのが普通だ。アメリカの本屋に行くと「英語がうまく書ける本」などというのがずらりと並んでいる。

英語も、本格的に勉強してみるとかなりむずかしいのである。

先日のことだが、ある新聞に以前連載していた私の文章を読んだという読者から、手紙をもらった。それは、英文の手紙だった。手紙の全体をみてみると、彼は私の書いたものに感銘を受けている、ということがわかった。ところが、彼の使った単語の一つは、私を本当に怒らせるものだった。実際、私が怒ったというのも、私の連載は"acceptable"だと言うのだ。"acceptable"と言えば「まあまあだ」ということである。感心できるものではないが、まあこれでもよいだろう、といったぐあいの意味である。決して、それが彼の言う意図ではないことぐらいは、私にも十分わかっている。それにしても、わざわざ手紙に書いてよこすには、無礼千万な言葉である。

日本語もむずかしいが、英語もむずかしい。二つを比べてもむずかしさが違うが、高い次元のこととなると、どちらも相当の勉強が必要であることに変わりはない。

日本政府の要人が、外国へ行って、たまに英語のメッセージをやると、不適切な語用に失笑をかって話題になるが、そういった次元の高い英語は、笑いごとではなく、本当にむずかしいのである。

現在、英語は国際語になっている。世界中、ほとんどどこでも通用する、初めで、唯一の言語である。しかし、それには条件がある。英語は、うまい使い方をしなくてもかまわないのである。通じればいいのだ。東南アジアなどで使われている英語は、決してきれいな英語とは言えない。でも、通じる。それでよいのだ。国際語なら、通じればよいのである。

日本はもっと真剣に文化の海外輸出を考えるべきである

国際語としての日本語ができれば、覚えようとする外国人は増えるだろう。今まで、三年ぐらいの予定で仕事で日本に滞在している外国人は、わざわざむずかしい日本語を覚えようとしなかった。実際、覚えようとしたところで、三年ぐらいでは覚えきれなかったのである。十年ぐらい日本にいても、カタコトしか日本語をしゃべれないという外国人はいくらでもいる。もしも三カ月くらいで簡単な会話ができるような言葉があれば、そういう人たちにとって、だいぶ事情が変わってくるはずだ。日本人と外国人の間で理解が足りないという場合、言葉の問題が非常に大きい。いつ実現するかわからないが、日本人がある程度まで英語を話し、外国人もある程度まで日本語が話せれば、自分の判断力で、言葉づかいからこまかいニュアンスがわかる。この時、初めて真のコミュニケーションが実現するだろう。

外国人は、一つだけ基本となる日本の言葉を覚えればよい。そして日本人もその基本的日本語を勉強してもらいたい。

日本は昔から、外国に学ぶことだけしか考えていなかった。明治時代、外国からいろいろな知識をできるだけたくさん取り入れたいと思った。しかし、日本のことを外国に伝えようという意志はまったくなかった。不必要だと思っていたのだ。徳川時代は、外国人に日本語を教えることはかたく禁じられていた。アイヌに対してさえもだ。おそらく、日本の大事な秘密がもれると考えたのだろう。

現在、考え方は変わっても、外国人に対する日本語教育の不備は、相変わらずである。ずいぶん少なくなってきたが、日本語を教える相手は東南アジアの人に限られていた。大学でも、単位がつけられる正式な日本語講座は、千葉大学にある『東南アジア留学生のための日本語講座』ただひとつと記憶している。

日本人が考えていることは、欧米人は日本語を使う必要がなく、自分たちが英語を使えばよく、東南アジアの人は日本語を使うべきであり、自分たちが彼らに合わせて東南アジアの言葉を使う必要などない、ということであると思う。

飛行機に乗ると、そのことがはっきりわかる。私が日本人スチュワーデスに、いくら上手に日本語で話したとしても、彼女たちは、決まって英語で答える。しかし、隣席のまったく日本語を知らない東南アジアの人への応対は、なんと日本語なのである。私は今まで、そういった光景を何度も見かけている。

日本人は、頭のなかで、民族間の上下関係を作っていることがよくわかる。

しかし、そういう時代は過ぎ、今はもう鎖国ではない。もう少し、問題を真剣に考える必要がある。国際文化交流といったら、すぐにお花の先生や柔道の先生を外国に派遣するだけではいけないと思う。

ライシャワー元駐日大使は、日本での英語教育がよくないと言っていた。彼の主旨でいけば、きっとすべての国際会議は英語で開くことになるだろう。それにも一理はあるし、それについて否定はしないが、私には別の観点がある。

GNP世界第二位の日本には、一億一千万もの人がいる。フランスの人口は五千五百万人である。人口半分のフランス語が国際語になっていて、日本語がなっていないのはおかしいと思う。私自身、三十年間も外国人に日本語を教えてきて、自分なりに日本語には愛着を持っている。

将来、すべての日本人が英語を話せるようになったとしても、やはり私は、日本語が国際語になってもらいたいと思っている。

無知が生む反日感情

［一九八二・八・二三］

私が初めて日本に留学するようになった昭和二十八年ごろ、知識人向きのあらゆる刊行物には反米的な色合いが濃かった。日本や日本人に強くひかれていた私は、そうした記事を読んだ時、もう一度日米戦争が起こるほど両国の関係が悪化することはないとしても、自分のようなアメリカ人でさえ日本にいられなくなるのではないかという不安を感じた。

皮肉なことに、当時、私自身もアメリカについて強い批判をいだいていた。

悪名高いマッカーシー時代であり、英国の大学で教えていた私は、アメリカへ帰ろうと思っていなかった。二年間の日本留学を終えてアメリカのコロンビア大学に就職した主な理由は、英国の大学が一年間の日本留学しか認めなかったためである。悲観していた私は、日本へ二度と来られないかも知れないと心配し、二年間の日本留学を条件としてコロンビア大学からの誘いに応じた。

今から振り返ってみると、そのころの心配は杞憂《きゆう》に終わった。二度と日本に来られなかったどころか、それ以来毎年の一部を日本で過ごすことができた。何回も日米両国の間の緊張が高まったし、私はその度に新しい不安を感じながらも、いくら日本に反米主義があっても、アメリカに反日主義がないのだから大したことにならないだろうという望みをもち、それを一種の慰めとした。

ところが今年（一九八二）の春、私は初めてアメリカで反日的な発言を聞いてショックを受けた。それは大学での話でもなく、私の身辺の人の話でもなかった。私自身は相変わらず緊張と無縁であるようである。アメリカの自動車産業の労働者が失業したために反日的になっても当然であろうし、仕方がないかも知れない。経済問題にうとい私は、現在の日米の緊張を和らげるような名案を知らない。

私の三十年間の体験から得た常識で予言しようとすると、今度の「危機」もいずれそのうち自然に解決されるだろう、という考えもありうる。しかし、かりに緊張が和らいでも、根本的な問題が残るに違いない。すなわち、一般のアメリカ人の日本についての無知である。

欧米人で一番日本のことをよく知っているのはアメリカ人であろう。観光客の数からいってもそうであろうし、日本研究も他の西洋諸国と比べると、はるかに盛んである。能、歌舞伎、文楽《ぶんらく》等の伝統芸能が高く評価され、日本文学の英訳が教養のある人にかなり読まれている。それにもかかわらず、なお多くのアメリカ人は日本について無知である、と私は繰り返して言わざるを得ない。

日本の労働者が一握りの飯と干物を食べて満足するという昔話を、現在も信じているアメリカ人は多いようであり、アメリカで金をばらまいている日本人観光客に出会っても、この固定観念は変わらない。相入れない二つの「事実」を同時に信じる点で、アメリカ人は、あまりにも人間的なのである。

アメリカ人の日本に対する無知の原因について考えてみると、私自身が悲しくなる。三十年ほど前から自分の大学で講義してきたばかりではなく、少なくとも百くらいの別の大学や、日米協会のような組織の主催で私は日本のことについて講演したのではないか。日本文学、ないし日本文化全体について二十数冊の本を発表したのではないか。にもかかわらず、現在のアメリカ人の大多数は日本の総理大臣の名前さえ知らず、ひどい場合は、日本の首都も知らないようである。原因を何に帰すべきか。

いうまでもなく、原因は、アメリカで行われている教育である。それは私などがやっている大学における教育ではなく、小、中学校のことである。現在、アメリカとして一番知るべき外国である日本は、アメリカの小、中学校の教科書にほとんど登場しない。最近、日本で検定制度が問題になってきたが、アメリカでは各地の教育委員会が教科書を自由に定めるのだが、その結果、宗教的な理由で進化論を嫌う地方では、進化論を教えるような教科書さえ禁じられている。

日系人の子供が多いためか、それとも何かのことで日本びいきになった教育委員会があれば、日本のことを適当に教える教科書を採用することは自由だが、現在、そういう教科書は存在しない。

数年前から、機会がある度に、私は現代の日本を正しく伝えるような教科書を作るように、関係する組織にすすめてきたが、今まで全く効果がない。理想的な教科書を作っても、どこの教育委員会も採用しないかも知れないので、時間の浪費になりかねないとのことである。

日本人はアメリカ人の無知を残念に思うと同時に、外国の教科書に人力車の写真が載っていると知ると、どうせ日本は外人に理解してもらえないというあきらめと、一種の軽い優越感を覚えるようである。外人は日本語を話せない、日本食を食べられない、日本の伝統を鑑賞できない、と思うような日本人は、外国人の無知を奨励していることになる。

無知を晴らす時期であると信じる私は、この三十年間に何回も起こったような不安をいま、また感じてはいるが、絶望してはいない。数々の希望と数々の失望の末、善意のある人間の努力によって理解を得ることは不可能ではないであろう。

三十六年ぶりの沖縄

［不明］

一九八一年十月に三十六年ぶりで沖縄を訪問した。戦時中、米国海軍中尉として作戦の第一日目に嘉手納《かでな》飛行場の付近に上陸し、捕虜の尋問や獲得した日本軍の書類の翻訳を四ヵ月ほどしたことがある。四ヵ月はかなり長い期間だったので、当時の沖縄についてはさまざまの思い出がある。数々の記憶を分類すると、多くは恐怖と退屈のどちらかに属する。私は歩兵ではなかったので、特攻隊の戦闘機が私が乗っていた運送船を攻撃した時以外、それほど危険感がなかったが、大砲の音で眼が覚めたり、夜遅く潜入してくる日本兵の足音を聞いた時は、やはり怖かった。しかし、恐怖感を覚えたことより退屈した時間の方が遙かに多かった。起床から就寝まで何も関係のないような同じ人にいつも囲まれていて、彼らの面白くない無駄話を聞かされ、第一線の方がましかも知れないと思ったこともある。

ところが、私にも一つのはけ口があった。何かの口実を考えては、捕虜収容所へ行って捕虜たちと話すことが度々あった。これらの日本軍人は私の嫌いなアメリカ軍人と余り変わっていなかったかも知れないが、退屈しのぎにラジオのコマーシャルを歌うような知り過ぎたアメリカ人と違い、日本人の捕虜は私にいろいろ教えてくれた。先ず日本語の勉強になった。書類からも日本語を覚えたことは事実であるが、「予《よ》ハ本部ニアリ」という調子の命令文等からは教えられることが限られていた。捕虜たちも退屈していただろう。絶対捕虜になるな、と教え込まれたため、自分の身分を恥ずかしく思い、殺してくれと言う捕虜がいたが、それより二年ほど前に自分が参加したアッツ島の作戦と違い、捕虜の多くは戦争が不利になっていることが分かり、諦めていた。ともかく、負けいくさや自分たちのこれからの生活を考えるより、私と文学や音楽や世界の情勢について話した方が気楽だっただろう。

もう一つ別のはけ口があった。私の部下に沖縄出身のハワイの二世がいて、時々私を親戚の家へ遊びに連れて行ってくれた。今、思い出すと、激しい戦争中、敵の将校を呼んで接待する行為はいかにも不思議に思われるが、多分その家族にとっては、私は敵の将校ではなく、甥の友人であり、本能的に手厚くもてなすべき客であったかも知れない。ハワイには沖縄出身の知人がかなりいて、私は何回も御馳走になった経験があるが、戦争中の沖縄でも同じように、何の心配もなく御馳走になった。敵の食事に毒を入れても不思議ではないが、私を歓待してくれた家族は明らかにそういう人間ではなかった。

当時の沖縄人の一部は標準語を理解できなかったので、通訳（多くの場合、小学生であったが）を通して沖縄人と話す他はなかったが、私は沖縄の言葉を少し覚えた。「御馳走さまでした」は「クヮッチー・サビタン」だったと思うが、そういう言葉を覚える必要を感じたようである。

もちろん、一般市民との関係はこのような楽しい付き合いだけではなかった。上陸した日から眼もあてられないような悲惨な場面に何回も出会った。捕虜になったら米国の戦車のわだちで轢《ひ》き殺されてしまうという日本軍の宣伝を信じ、洞窟の中に隠れたり、崖の上から投身したり、アメリカの軍人に捕まった時、極端な恐怖感を示した。負傷した女性や子供がたくさんいて、彼らの傷は何よりも戦争の恐ろしさを物語った。

沖縄の戦闘が最後の段階に入った時、私は首里《しゅり》や那覇《なは》を見物に行った。首里には何も残っていなかった。ここに都市があったと思わせるような煙突や石垣さえなかった。那覇には完全な形で残っている建物はなかったが、市街の輪郭が大体確認できた。昔のまま残っていたのは中城《なかぐすく》の城址だけだった。

今度沖縄へ行く時、三十六年の間随分変わったのではないかと想像したが、むしろ分からなくなったと言ったほうがよかろう。先ず私の本部が長く駐屯していた普《ふ》天間《てんま》を訪ねた。普天間に農業学校があり、そこにあった鉄筋コンクリートの豚小屋の中で毎晩寝とまりしていた。普天間の建物の一部が残っていたが、学校の中には野戦郵便局が出来た。ある日、上官の命令によって学校の書籍は邪魔になるので焼くことになった。本を焼くことは目に耐えないものと思い、一番価値がありそうなものだけ選んで、野戦郵便局からハワイ大学の図書館へ送った記憶がある。が、今の普天間には昔を思わせるものはなく、自分の記憶力を疑うほどになっている。

三十六年前の沖縄の風景で一番目立つものは丘の中腹にある墓であった。現在でも所々に残っているが、何となく昔の威厳がなくなったように見えた。戦争中、私は一回だけ墓の中に入ったことがあるが、不気味な雰囲気にぞっとした。日本兵が墓に隠れているとよく聞いたが、ちょっと信じられない。よっぽど命を惜しんでいなければ、あのような陰惨な雰囲気に耐えられない筈である。

中城に着いて初めて昔の思い出が湧いてきた。確かここに来たことがあるという実感が湧いた。いや、実感というよりもデジァーヴュ（既視感）に近かった。別の私が、別の時代にこの景色を見たという感じであった。『徒然草《つれづれぐさ》』に兼好法師《けんこうほうし》が、

「又如何なるをりぞ、たゞいま人の云ふ事も、目に見ゆる物も、わが心のうちも、かゝる事のいつぞや有りしがとおぼえて、いつとはおもひ出でねども、まさしく有りし心ちのするは、我ばかりかく思ふにや」と述べた通りである。

中城のような大きなお城を見ると、五百年前の沖縄では戦争がよく起きたと推測するだろうが、百六十年ほど前に、英国の軍艦が沖縄に寄った時、武器が全く見当たらなかった。その軍艦の乗組員の一人は私の英国の友人の先祖に当たるが、沖縄から英国へ帰る途中、セントヘレナ島に流罪されていたナポレオンを訪ね、沖縄のことを伝えたそうである。武器がないと言ったら、ナポレオンが吹き出し、そういう国はあり得ないと言った。そのような平和の伝統を誇っていた沖縄で、前例にないはげしい戦いがあったということは歴史上の皮肉である。

その晩、那覇で講演したが、聴衆の多くは戦争を全然知らない若者たちであった。が、戦時中死亡した十四万人の中に近親者がいた筈である。しかし、侵入軍の一員であった私に対して少しも憎しみを表現しなかった。それどころか、いつもより暖い雰囲気で、講演が終ってから何人も握手したり、「また、来て下さい」と言ったりしてくれた。伝統的な歓待ぶりに負うところが多かっただろうが、同時に、沖縄での体験は私の一生にいかに大きかったか、ということを感知したのではなかろうか。

翌日、復元された守礼門や御廟を見物した。戦前の沖縄はどんなに美しかったか、想像できた。戦争によって貴重な文化財が大いに破壊され、元の通りに復元することは不可能であろう。が、恐ろしい戦争と長い占領時代を体験してきた沖縄人は、懐かしい過去よりも真新しい将来に惹かれていても不思議ではなかろう。

III

谷崎源氏の思い出

［一九八〇・七］

谷崎潤一郎訳『源氏物語』を初めて読んだのはいつだったかはっきり覚えていないが、多分戦時中だったと思う。その頃、海軍少尉として真珠湾《しんじゅわん》の海軍本部に務めていたが、週一日の休暇を二回に分けて、毎週の午前二度、ハワイ大学へ通い、『源氏物語』の講義に出席した。その頃から緑色の表紙のついた戦前の谷崎源氏を利用していたという記憶があるが、はっきり覚えていないので、或いは頭の中の時代感覚が少し狂っているかも知れない。が、いずれにしても、昭和二十八年に京都に留学するかなり前から谷崎源氏を知っていたに違いない。昭和二十九年の春だったと思うが、あるきっかけで日本語を使って最初の雑誌原稿を発表することになったが、「海外における源氏物語」というような題の短いものだった。アーサー・ウエーリの英訳と谷崎の現代語訳を比較してみたが、ウエーリ先生の方がはるかに優れているという結論に達した。今思うと、当時の私の勇気ないし鉄面皮に唖然とする他はない。

谷崎源氏の何処が私の気に入らなかったか、説明しにくいが、当時の私には日本語の理解力についての一応の自信があったとはいえ、日本語の表現のニューアンスに対する敏感さが欠けていたのだと今さらながら感じている次第である。ウエーリ先生の英訳は確かにすばらしいものであるが、その英訳を読んだあとで日本語の現代語訳に同じような美しさを求めたことは、二つの言語に固有の表現様式を混同していたからだと思う。例えば、有名な「雨夜《あまよ》の品定《しなさだめ》」の段を読んだ時、頭中将を始め、光源氏《ひかるげんじ》の友人たちの源氏に対する敬語に不満を感じた。ウエーリの英訳を読んだ時、友達同士が対等に女性論に花を咲かせているという印象を受けたが、戦前の谷崎訳では友人でありながら源氏を敬って「ございます」体でしゃべっている人たちがかなり違う雰囲気をかもし出していると思った。

しかし、仮に心の中でそう思っていても、日本の第一の文豪の文体について文句を書くことは私の未熟さを物語ることであった。その後、京都で谷崎先生に会い、大変親切な歓待をして頂いてからは、批判を発表したことをますます後悔するようになった。恥ずかしさの余り、谷崎先生に詫状を差し上げた。『谷崎潤一郎全集』の第二十四巻に、昭和二十九年十月二十四日付の先生の御返事が載っている。

今朝御手紙拝見いたしました文藝春秋の座談会記事は拝見しましたがあんなことハ何も気にかけてをりませんから御安心願ひます。

と書いて下さったので、安心したことは安心したが、それでも多少の不安が残っていた。というのは、その時点では私は一度も『文藝春秋』の座談会に出席したことがなかったからである。全集本の注によると、『『文藝』（昭和二十九年十一月号）の誤まり」であった。確かに「文藝」の座談会に参加したに違いないが、その座談会の中で谷崎源氏に全然触れていない。問題の記事は座談会ではなく、私一人が書いた原稿であった。谷崎先生は果たして私の批評を読んでおられたかどうか、今となっては分からない。

ともかく、谷崎先生は有名な「客嫌い」ぶりを私には見せなかったので、自分の罪は許されたと解釈しても好いと思っている。そして、新々訳となった時、私の気に入らなかった敬語が完全に消えたので、或いは谷崎先生自身が、戦前の状況に応じて特殊な調子で書かなければならなかったのかとも考えられる。

新々訳のことでは私自身のもう一つの失敗を思い出す。昭和三十九年に、谷崎先生の三回目の現代語訳が発行される運びになった時、中央公論社の依頼で取次店の方々に谷崎文学について短い講演をするように言われた。講演の目的は、言うまでもなく、新々訳の宣伝であったが、私はそれをよく理解せず、谷崎文学のすばらしさを語るだけで好いだろうと思った。講演を無事に終えた時、二、三の質問があった。誰かが、「谷崎先生は源氏物語を新しく訳されましたが、どう思いますか」というような質問をしたが、私は「誠に残念に思います。戦前の現代語訳に検閲等の悪い条件がからまっていましたので、新しい現代語訳に直されたことは当然ですが、三回も訳す必要はなかったでしょう。それよりも同じ時間を利用して創作をお書きになったらよかったと思います」と正直に答えた。中央公論社の販売部の人たちは私の発言を喜ばなかったようである。

私は実に馬鹿なことを言ったと思うが、谷崎先生が、『源氏物語』の翻訳をやらなかったら、どんな小説を書かれたか、と今でも考えることがある。死んだ児の年を数えるようなものだし、むしろ逆のことを考えた方が有意義であるかも知れない。つまり、谷崎文学が『源氏物語』の三回の現代語訳によってどのように養われ、成長したかという観点から谷崎文学全体を見ると、もう「死んだ児」の話でなくなり、幸運な星の下に生まれ、みごとに育った児の話になる。

無論、『即興詩人《そっきょうしじん》』という翻訳が鷗外の傑作であるように、谷崎源氏は谷崎文学の最高峰だと考えられないこともない。谷崎文学を余り認めようとしない読者でも谷崎源氏の完璧な日本語に魅せられることがあろう。しかし、小説家の創造力を重視した谷崎先生の場合、文体のすばらしさは傑作の要素の一つに過ぎない。谷崎源氏の文体は谷崎潤一郎の文体に違いないが、物語そのものは紫式部《むらさきしきぶ》が創ったものなのだから、谷崎文学の最高峰だと言い切ってしまったら、谷崎先生に対してまことに不親切なことになる。

それなら、一番の傑作は何かと言うと、多くの人は『細雪《ささめゆき》』と答えるだろう。『細雪』は『源氏物語』に負うところが多く、直接の影響を現すようなくだりもかなりあることは評論家の常識になっている。実は、私は影響を探り出すことには余り興味がないが、一つだけ言わせて頂きたい。『源氏物語』という長い小説を訳さなかったならば、谷崎先生は『細雪』のような大規模な作品を書く根気を養えなかったのではないかと思う。数回も小説を未完のまま放棄したり、『武州公秘話《ぶしゅうこうひわ》』の続篇を到頭書かなかった谷崎先生は、『源氏物語』の現代語訳を頼まれた時、「大いに食指が動いた」が、「人一倍遅筆な私が、日に四、五枚の進行が精々である私が、あの大部なものを訳し上げるのに何年かかるか」ということで躊躇《ちゅうちょ》なさったことは当然であろう。谷崎源氏という壮大な仕事を完成し、発表した直後に『細雪』に着手したのは偶然ではなかろう。「遅筆」でありながら、『源氏物語』を思わせるような大作が書けるという自信がついたようである。

ところが、周知の通り、谷崎先生は出来上がった全訳をそのまま発表できなかった。光源氏と藤壺《ふじつぼ》との関係が不敬罪にあたるとされ、省略されてしまった。戦後企てられた二回目の谷崎源氏の動機は完全な訳を発表すると同時に、戦前の軍隊語を思い出させる「であります」体を「です」体にすることであったようであるが、新訳の仕事は旧訳に劣らないほど時間がかかった。昭和二十九年に訳了した十二巻の新訳については「旧訳に比べればあれでもよほど現代人に分りやすいように、丁寧《ていねい》すぎる敬語等を省いて簡潔を期したのである」と昭和三十九年に訳了した新々訳の序に述べている。新々訳の動機は、旧訳も新訳も旧仮名で書かれていたために、「若い読者層から疎《うと》んぜられている」と出版社から聞き、「一人でも多くの人に谷崎源氏を読んでもらう」ためには、多年の節をまげることも止むを得ないとされたからのようである。

新々訳は既に谷崎源氏の決定版となったので、「新々」と言わなくなった。私は三つの翻訳を少し比較してみたのだが、それぞれに違った魅力はあるが、やはり「新々訳」が最高であるという他はない。『源氏物語』についての私の思い出の中に永遠に名誉ある地位を占め続けるだろう。

内と外の美術

［一九八二・五］

この春、私はニューヨークのホイットニー美術館で開かれたアメリカ美術ビエンナーレ展を見にいった。ひどく気が滅入る体験であった。原則的には、これは過去二年間にアメリカで製作された絵画、彫刻、写真など、美術の各分野における最高の作品を集めているはずのものである。ところが出品作品で、私を喜ばせてくれたものは一つとしてなく、それどころか、多くの作品が、私にいらだたしい思いをさせたか、嫌悪感をさえ抱かせた。やりたければ何を表現してもよい、という芸術家の自由を信じることにかけては、私は人後に落ちないつもりだ。どこか外国の専制君主が、真剣な芸術家の創作を、退廃的ないしは不道徳だとして禁止した、というような話をどこかで読むと、私はいつもそうした不可譲人権の侵害にひどく腹が立つ。今度のビエンナーレ展にしても、もしアメリカの権威筋が、どんな理由であれそれを閉鎖するなどという挙に出たならば、私はやはり憤慨することだろう。とは言うものの、この展覧会が、言うべきことを何ももたぬだけではなく、自分の芸術に真の変化をつくり出そうなどとは、もはや思いもせずに、旧作のむし返しで満足している芸術家たちの、言ってみれば情けない敗北の告白だったのだ、と感じざるをえないのである。

　こういう発言をすれば、文化的反動家のそしりを自ら買って出るようなものだ、ということは百も承知である。私は、そのそしりを甘んじて受け入れたい。それどころか、そんなことを言えば、私への批判がもっとおぞましいものになることは承知の上で、同じ反動家でも、私は自分が単なるしろうと反動家にすぎぬこと、つまり気に入らない作品を非難する場合に普通使う、慣習的な反動的言辞がうまく駆使できるほど現代芸術に詳しい人間でさえないことを主張したい。だが、ホイットニー美術館のビエンナーレ展が志向する方向は、まさに死への、そして死のみへの方向にちがいない、と私は思う。だからもしもこの展覧会へ作品を出している芸術家たちが、衆人環視の中で自殺するとしよう。するとその光景は、彼等の作品に較べて、なるほどもっと胸くその悪くなるようなものかもしれない。だが少なくとも、もっと気が滅入るようなもの、とは言えないはずである。

　出品作の中で、どれが最悪だったかは決めがたい。例えば薄明りに照らされた空っぽの部屋があって、壁に取りつけた器具から三十秒毎にビーという信号音が出る。それだけなのである。この芸術家の、充たすことを拒否したという意味での空間への軽蔑、飾るのを拒否したという意味での壁への軽蔑、またできるかぎり非音楽的にしたという意味での音への軽蔑、これらのことによって、この芸術家は、自分が、以上三つの分野における無教養な俗物であることを立証しているのである。なぜいっそのこと、その部屋を不快きわまる臭いで充たし、壁にはぞっとするほどいやらしいものを塗りたくらなかったのだろう?

もう一つの部屋は、ニューヨークの木賃宿の入口の間《ま》と台所とを、忠実に模したものであった。壁に掛かっている電話機は本物そっくりだし、流しに突っ込んである汚れた皿類、そして錆の出たひげそり用具なども同じこと。壁の泥んこのような褐色も、どこかにあった本物を忠実に模したものに相違ない。こうした風変りな芸術作品を、個人の家に飾ることはとてもできない相談である。だが、未来の社会学者が、こうした信頼すべき材料を得て、ニューヨークのスラムを研究すること位はできるかもしれない。

いくつかの意味で一番不愉快な作品は、壁を塗っている男を映した短いフィルムを、何度となく繰り返して見せるテレビ・カメラであった。壁の塗り方は、何の変哲もなく、すこぶる規則正しい。これを見せられて実に不快だったのは、テレビの機械から出てくる説明の言葉だ。おそらく数人の声をごちゃまぜにして使ったものだろう、とにかく永遠に続くわけのわからぬ言葉の一斉射撃なのである。多分作品の意図は、いつまでもおしゃべりの続く商業テレビ番組を諷刺することにあったのであろう。だがその効果たるや、全く逆で、明快な表現の可能性を否定することになってしまったのである。つまり、人生とは、騒々しく、わけの分らぬ音響の伴奏で、わけの分らぬ物体の表面を、ペンキで塗りたくっていく男の動作さながらに、規律的だが、結局無意味な繰り返しなのだと。

こうした作品を創った芸術家は、みな、きっと自作の意味を説明することができるのだろう。また、つぎのことを、私に想い出させてくれる人もいるにちがいない。つまり、昔印象派の画家たちが、初めてパリで展覧会に出品した際にみな笑いものになったこと、そして今では広く一般に受け入れられていて、カレンダーにまで使われているような多くの流派も、かつては人に笑われ、あざけられたという事実を。私とても、その位なことは承知している。だが、ビエンナーレで見たこれらの作品が、それに対する愛情はおろか、いかほどかの興味でも人におこさせる日が来ることを、私にはとても想像ができない。これらの作品は、創られた瞬間から、もはや死んでいたのだ。いや、もっと正確に言うなら、それらは、死の行為の中にある芸術家を、表現しているのである。

昨年の暮れ方に、上野で開かれた日展。これは明らかにビエンナーレ展とは、全く異質な芸術を代表する展覧会であった。これには、アカデミックな画家、つまり、日本ですでに名声の確立している画家、その弟子、そのまた弟子、などの作品が出品されていた。この展覧会にも、どうにも退屈な作品がかなり混っている。例えば私はいまだかつて、池の中を遊泳している魚の絵を、それほど美しいと思ったことはない。たとえそれが高級旅館の床の間に飾られていたとしてもである。したがって私がそういう絵の前を、ほんの一べつをくれただけで通り過ぎたとしても、格別驚くにはあたらないのである。また、いわゆる美人画、よく東京歌舞伎座の階段踊場に掛かっている種類の着物美人の画にも、私は興味をもつものではない。それから書《しょ》——誰かが左手、ないしは足の指に筆をもって書いたようにしか見えない現代書道——に対する私の関心もまた、大きいものとは言えない。彫刻はどうかと言えば、これも例外なく退屈であった。だから、もし彫刻家すべてに、一年だけ着衣人物だけの彫刻を呈出するように要求したら、結果はもっとましなことになるのではないか。洋画はどうだろう? 洋画はしばしば、伝達したい観念に比べて、絵が度外れに大きすぎるように思えた。こういうふうに、日展の欠点を並べたててゆけば、まだまだあろう。それでもなお私は、日展を一度ならず、二度も見にゆき、少なからずの作品を楽しんだのである。

思うに、日展がもつおもな魅力は、一人ひとりの芸術家が、自分の作品を通じて、明らかに何物かを伝達しようとしている点である。ニューヨーク・ビエンナーレ展では、陳列してあるまず最初の事物は、ハンガーにぶら下ったドンゴロスのシャツであった。おそらくこの作者もまた、何物かを伝達しようとしていたにちがいない――それは例の「発見されたオブジェ」ではない――だが――もしそうだったとしても、その声はあまりにもかすかすぎて、聞こうにもなにも聞こえてこないのである。入口のドアのそばに立って、そのシャツと、続々と入室し、通り過ぎてゆく観衆を眺めていて、観衆の中の誰一人としてこの作品の前で、一体この作品はなんなのか、あるいは一体なぜこれが、このような重要展覧会場の冒頭を飾る作品として選ばれたのか、などと考えてみるほどの間も、立ち止まる人物を、私は見ることがなかった。だからこれは、人の目には見えない作品だったとしてもよかったのである。

日展に出品される日本画がよくおちいる欠点は、つぎの二つのうちのいずれかであろう。すなわち、あまりにも見馴れた慣習的なスタイルなので、そこに現代の生活を現わす何かを見出すことがむずかしいこと、さもなければ、材料と主題こそ伝統的だが、現代性《モダニティー》を出そうとあまりにも懸命になりすぎることである。今度の日展でも、これらの欠点は少なからず目立っていた。しかし展覧されている絵が、実に変化に富んでいたので、誰もが、その中の、少なくともいくつかの作品には感動したはずである。水に映るポプラの木の連なりを描いた東山魁夷《ひがしやまかいい》の作品「静唱」は簡潔そのものだが、人はこの作品から今日私が受けるのと同じ感動を、今から千年経った後にも受けるにちがいない。これはまさしく「日本画」だ。しかし西洋画の伝統にも、明らかに片足を突っ込んでいる。実際のところ、「東西の最良のものを結合する」という古い明治の理想は、ただのスローガンに留まらずに、ついに今や実現したのかもしれないのだ（東西の最悪のものを結合する、というのが、勿論過去一世紀間に生産された、多くの芸術作品の特性であった）。

日展会場にいて、東山魁夷のように以前から知っていた芸術家の作品だけではなく、それまでに一度も私の注意を惹いたことのなかった画家たちの作品の前にも、感歎のあまりに、私は何度となく足を止めた。例えば芦田《あしだ》裕昭《ひろあき》、関《せき》主税《ちから》、扇敏之《おうぎとしゆき》、池田恒象《いけだこうしょう》、斎藤清策《さいとうせいさく》などの作品である。だがこれらの画家たちだけ特記するのは、実は不公平なのだ。これぞと思った画家は、他にも少なくはなかった。しかしたまたま私がノートに書き取ったのが、さきほどあげたような名前だったのである。もう一度だけ強調したいが、ビエンナーレ展では、たった一人の芸術家の名前すら、私は書き取らなかった。そしてかりに無料《ただ》でやると言われても、貰いたいと思う作品は、ビエンナーレでは、たったの一つもなかったのである。

洋画の部で私が書き留めた名前は、六人である。国領経郎《こくりようつねろう》、坂本幹男《さかもとみきお》、中山忠彦《なかやまただひこ》、尾崎正章《おざきまさあき》、金岩清隆《かないわきよたか》、奈良岡正夫《ならおかまさお》。その人たちの作品のいくつかに、ボナール、ルノワール、スーティン、マルケなどの影響があることを主張することができるかもしれない。だがそれにしてもなんと素晴しい技倆！　そして彼等の呟《つぶや》く声の、なんたる明瞭さ！

こうした卓越性のうちにも、なにか欠けているものがあるとすれば、それはおそらく、一目見てこれは何派の絵と知れる、あのはっきりした性格であろう。すなわち、かつて印象派、野獣派、抽象表現派などがやったように、日本の他の芸術家のみでなく、世界の他の国の芸術家にも影響を与えるかもしれぬスタイルのことである。勿論、この日展の会員より、もっと大胆な絵を描く画家が集まった展覧会に行けば、多分そうした傾向を目にすることができたかもしれない。だが、外国の芸術家に直接影響を与えそうに思える何物かを、私はまだ日本人の作品の中に見たことはないのである。

それに反してビエンナーレ展の芸術家には、すべてあまりにもはっきりした一つの影響が見える。私は最近、オーストラリアのメルボルンにある素晴しい画廊で、オーストラリアの芸術家に影響を与えている新しいアメリカ芸術の一例を見た。一つの作品は、あきらかに普通の店から買ってきた帚《ほうき》、実物大に拡大した同じ帚の写真、そして帚《ブルーム》という語を定義している古い辞書の該当項の写真からなっていた。これら三つの事物が、一つの芸術作品を構成しているわけで、これはよほど重要な作品と考えられているらしく、一番よく目立つ場所に陳列してあった。だがこの展覧会では、日本の現代絵画はなにもなかった。

しかし上野の日展の別の部屋には、外国の芸術家に興味を抱かせそうだというだけではなく、もうすでに多くの芸術家に影響を与えている部門の作品があった。工芸作品である。どうやら工芸は、絵画や彫刻より一段低い地位を占めさせられているらしいが、どうしてそうなっているのか、私は了解に苦しむ。日展で見た工芸作品は、まさに目が眩《くら》むほどの見事さで、形として見ても、面のデザインとして見ても――つまり、彫刻としても、絵画としても、非常に面白いものが多かった。昔からみなに賛美されてきた絵画や彫刻の作品より、これらの工芸作品のほうを一段低い地位に置くというのは、まことに了見の狭い話と言わざるをえない。正直言って、もし私が日展会場から、自分の好きな作品をいくつか、こっそり失敬してくるチャンスを与えられたならば、私は躊躇《ちゅうちょ》することなく工芸品展示場のほうへ足を向ける。そこには惚《ほ》れぼれするほど見事な、陶芸作品、漆器、﨟纈染《ろうけつぞめ》、金属作品などがわんさとあるからだ。

こうした工芸品は、なにも日本的美学に照らしてみて見事なだけではなく、全世界的な規準をもってしても、見事なのである。オーストラリアにいた間に、私はメルボルン、シドニー、ブリスベーンの郊外にある窯場《かまば》を、訪問したことがある。そこで見た作品は、まことに洗練されたものだったが、日本の影響たるや、まさに圧倒的なのである。たいていの陶工は日本で勉強したことがあり、多くの作品は、どことなくオーストラリア趣味を露呈している独特の風合《ふうあい》はあっても、本当の日本人の作と言っても充分通るものであった。同じことは、アメリカやヨーロッパの窯場の多くについても言える。だがこの影響を恥じているものなぞ、誰もいない。そしてその影響たるや、現代日本の絵画への、例えばドランの影響などに較べても、はるかに強いのである。

過去二十年間、いや、それ以上、日本は、陶磁器の分野で、世界中に主要な影響を与えてきた。そして将来もまた、工芸の他の分野で影響を与えそうである。例えばブリスベーンでは、実用芸術《アプライド・アート》を教えているある教授に、日本へ行って漆器の師匠について勉強してみたいがどうだろう、と訊かれたものだ。その時私は、もうずっと以前、ビルマのある漆器工場を訪れたことを想い出した。小さな、きんきらきんの、漆器のフクロウを作る工場だった。そこで私は、フクロウの他になにか見せて貰えるものはないだろうか、と監督さんに訊いてみた。ところが彼の返事は、一向にはっきりしないのである。結局私は、自分で二、三面白いものを陳列棚の中に見つけ、売って貰えないかと訊ねた。だが男は明らかにバツが悪そうな様子を見せるだけで、返事もしてくれない。そこでなかの一つを取り上げて見ると、それは日本製だったとわかった。明らかに若いビルマ人の漆器工を訓練するのに用いる、それはお手本だったのだ。ロウケツの伝統がすこぶる強いジャヴァにおいてさえ、日本の臈纈染の影響はいちじるしい。自分の作品にサインを入れて、芸術家としての個性を主張する作者たちの、いわゆる「現代芸術」作品は、みな影響を受けている。

評価のすでに定まった、世界的な影響力をもつなんらかの絵画の流派に比べて、日本工芸の国際的な優位など取るに足らぬものだ、ということは言えるかもしれない。それに反論を加えることは、私にはできそうもないのである。美術は、どう見ても私の専門領域ではないからだ。だがそういうふうに思っている日本人は、ひょっとしたらヨーロッパ的な偏見に、まるごとかぶれているのではないだろうか。メルボルンの博物館には、中国陶磁器の絶妙な収集があったが、これらはその芸術的価値から言って、それと同じ時代、どんな彫刻にも引けを取るものではないのだ。それに比べて、ヨーロッパのルネサンス期の陶磁器は、いやにごろごろして、けばけばしく、しかも重ったるい。確かに、同じ時代のヨーロッパで製作された絵画や彫刻の比ではない。だが、ヨーロッパ芸術の歴史に起ったこの偶発事が、ヨーロッパ以外に生産された美術品の価値を決める標準に用いられる筋合はないだろう。書道は、その重要性が、東洋と西洋でははなはだ異なる評価を受けてきた芸術の、もう一つの例である。だから、すべての美術を、絵画と彫刻のいわゆるプロクルステスの寝台に、無理矢理当てはめてしまうのをやめる時期、そして美術というものを、さらに普遍的な運命において捉えた本を書く時期が、今もう来ているのではないだろうか。

（金関寿夫・訳）

都会と田園

［一九八一・九］

東京で理髪店の椅子に座っているときに「お客さん、どこから来ました？」と訊かれて、もし「ニューヨークから」とでも答えようものなら、その理髪師さん、新聞で読んで知っているニューヨークの恐怖について、ものの半時間は蘊蓄《うんちく》を傾けること受け合いである。殺人の件数一日平均五件、危険きわまる地下鉄、街路は不潔で、高級ホテルに泊っていても、泥棒に見舞われぬという保証はないことなど、彼は先刻ご承知なのだ。私はそれに対して、反駁《はんばく》しようとすらしない。第一、彼の言うことの大半は、ほんとうのことである。それに、敵は手中に鋭い剃刀《かみそり》を握っている。だが時として、なんらかの理由で、いつになく喧嘩っぽい気分の日なら、つぎのように答えてやりたい。私はだいたい毎年、何カ月かをニューヨークで暮らすし、ずっと一年中暮らした年も多い。それなのに世間で言うようなニューヨークの恐怖を、どのような形でも一度も経験したことはないのだと。地下鉄にも、ほとんど毎日のように乗っている。なるほど楽しいとは義理にも言えない――落書きにしても、同乗者たちの風貌にしても、どちらも格別私に美的喜びを与えてくれるものではないからだ――といって別に戦々兢々として乗っているわけでもない。そして私は理髪師に言うだろう、もし芸術に関心持つ人なら、その名高い欠点にもかかわらず、ニューヨークとは、住んでまことに心躍《おど》る都市《まち》なのだと。それに、そこに住むもの皆が、殺されるわけでもないのだから。

夜毎オペラのニューヨーク

とくに音楽好きの人達には、ニューヨークは、まさに打ってつけの都市《まち》である。私はたまたま、近頃騒がれている大衆音楽の各部門――ロックンロール、カントリー・ミュージック、ウエスターン、そしてその名前もろくろく知らないようなその他の音楽――を愛好するものではない。だが、こういった種類の音楽ファンの人にも、ニューヨークでなら、聴きたいものはおそらくごまんとあるはずだ。もう一つ白状するなら、ミュージカルというのも、私は嫌いである。そう言えば、きっと私はスノッブ（高級文化人気取り）のそしりを免がれ得ないだろう。だが、単に私は事実を述べているのにすぎないので、ミュージカルを好む人の趣味をあげつらっているわけではない。少なくともこの十年間、ミュージカルはなにも見ていないし、たとえ日頃敬服している批評家が賞めそやすものでも、ミュージカルを再び見にゆきたいという気にはならないだろう。ではミュージカルの、一体どういうところが私には気に食わぬか？　なによりもまず音楽が薄手なところである。つぎにスピードにこだわるところ。つまり、非常に速度をあげて演じたならば、本質的には退屈なものも、結構おもしろくなるはずだ、という原理に基づいているのだ。さいごには、対話がいかにも気が抜けて、無味乾燥なところである。クラシック音楽の場合なら、壮麗な音楽に呑み込まれてしまえば、そんなものはあまり気にならない。だがミュージカルではそうはいかない。内容がすぐ聴き取れるから、それだけがギラついて仕方がないのである。だがミュージカルに対する私自身の好悪はともかく、ミュージカルを好む人は世に多い。そういう人のためにも、最適なところといえば、やはり明らかにニューヨークなのである。

私が好きな音楽は、いわゆるクラシック音楽である。といって過去の通俗音楽中最上のものが、結局クラシックに次々に格上げされてゆくので、そのヴァラエティーたるや広汎をきわめている。だが私が特別気に入っているクラシック音楽であるオペラは、大体一年中、ニューヨークの二大オペラハウス、およびもっとも小さな劇場でも聴くことができる。ヨーロッパでは大変強いオペラの伝統、これがアメリカにはない、ということをどうしても言いたがる人がいる。あるいはそうかもしれない。しかし私は、きわめて出来の悪いオペラの公演を、イタリア、ドイツ、フランスなどで観たことがある。パリ・オペラ座は、長い間、おそらく世界最悪のオペラ座であった。歌手が、まがい物ではないフランス語の発音で歌える、という意味でならともかく、その公演には、フランス・オペラ真正の伝統を表しているものなど、毛すじほどもなかったのである。事実、パリ・オペラ座に通っていた頃、フランス人というのは、オペラが本当に好きではないのじゃないか、という印象を、何度となく私は受けたことがある。何年か前のことだが、ニューヨークのメトロポリタン・オペラが、『カルメン』の公演に、本場フランスの味をたっぷり加味したいというので、あるリヴァイヴァル公演の監督にジャン・ルイ・バローを招《よ》んだことがあった。しかもセットは、さる有名なフランス人舞台装置家の手にかかっていた。ところが公演は、全く目も当てられぬ結果に終ったのである。案の定、バロー氏は、この不評を政治的な理由に転嫁して、それより少し前に、ド・ゴール大統領がアメリカ人の神経を逆撫でするようなことを、なんだか言ったからだ、ということにしてしまったものだ。私が今まで聴いたイタリア・オペラ中最悪のものは、パリで聴いた『イル・トロヴァトーレ』。しかもその次にひどいイタリア・オペラが、なんとローマ・オペラの『トゥーランドット』公演であった。しかもこれは、一晩の公演で間違った音の数の最高を記録するものとして、例の『ギネス・ブック』に登録する価値十分のものだったのである。

この点(ザ・メットの愛称で知られている)メトロポリタン・オペラといえども、勿論完全無謬ではない。今年(一九八一)の一月三十日に、私はメットで『魔笛《まてき》』を聴いたが、ルチア・ポップの見事な歌いぶりは別として、おそらくこれは、本年度最低の音楽的事件の中に算え入れてよいものであった。レコードで聴くと素晴しい音楽なのだが、たとえすぐれた公演でも、私はこのオペラを観てそれほど楽しい思いをしたことは一度もない。『魔笛』を聴いていて歌手の歌がよくないときには、いつも第一幕の真中あたりでお尻がむずむずし出し、今夜はオペラは止めて、どこか他所《よそ》へゆけばよかった、と思うのである。しかし、長いストライキのあとにもかかわらず、今年のメットでは、素晴しいオペラをいくつか聴くことができた。コトルバッシュとドミンゴが歌った『椿姫《つばきひめ》』、これは、誰にも親しいこの古いオペラの真価を、それこそ余すことなく発揮した、真に記憶すべき公演であった。だが、メットで今年最高に人気のあった公演を、私は惜しくも逃してしまった。それは三人のフランス人作曲家による三つの一幕物からなる『パラード』というプログラムである。オペラの切符は、大体当日開幕間際にでも買えるものだが、批評家が惜しみなく賞めたこの公演に限って、当夜券もすべて売り切れであった。

この春私がニューヨークで過ごした四カ月のうちに、もう一つ私を楽しませてくれたのは、珍しいオペラしかやらぬという癖のあるニューヨーク・シティー・オペラだ。私が観たのは、どれもこれも実に珍しい番組で、例えばヴェルディーの『アッティラ』、モーツァルトの『ティトの慈悲《じひ》』、ヤナーチェックの二つのオペラ『利口《りこう》な女狐物語《めぎつねものがたり》』と『マクロプーロス事件《じけん》』などであった。なるほどニューヨーク・シティー・オペラ専属の歌手は、名声の点でも才能の点でも、メット専属の歌手には幾分見劣りするかもしれない。だが、時には彼らのほうが、オペラのもつ劇的な可能性を、もっと立派に伝えるのである。このオペラ・ハウスに限って、退屈な公演というものに、私はほとんどぶつかったことがない。

オペラ以外に、ニューヨークでは、重要なコンサートが、毎晩普通三つか四つはある。切符を手に入れるのも、たいていの場合さほどむずかしくはない。コンサートの入場料は、東京のコンサートの一般料金と比べて、大体四分の一。東京の同じようなコンサートにゆかないことで、お金を大分倹約してるんだ、という理屈をつけて、私はニューヨークのコンサートに、せっせと足を運ぶのである。

早春のフリック・コレクション

ニューヨークにいる間の私の自由時間は、その大半をコンサート通いに取られてしまう。時々意を決して、美術館や私設画廊に、美術展を見にゆくことがある。だが、たいてい仕事には遅れているし、なにもすることがなく退屈したり、困ったりしていることなど決してないから、これにはかなりの意志力が要る。絵を見にゆくのに一午後《ひと》つぶすとなると、私が最もゆきそうなところは、さてどこだろう？　おそらくフリック・コレクションである。過去二十五年間、私は何度この小さな美術館に通ったことだろう——おそらく百回位か。この美術館は、一年中何時《いつ》いっても快適だが、おそらく最上の季節は、早春ではないだろうか。中庭には花を開いた植物が一杯溢れ、高い窓から差し込む陽光を見ると、もう本当に春が来たような錯覚さえおぼえる。それから少し経つと、美術館のすぐ外にある木蓮《もくれん》の堂々たる巨木二本（これを見ると、松島に近い瑞巌寺《ずいがんじ》の、梅の大木を想い出す）が、長いニューヨークの冬がやっと終って、いよいよ本物の春がやってきたことを、まず最初に告げるのである。

フリック・コレクションを見る喜びは、すべてが完璧なことだ。絵はどれ一つとってもも、傑作でないものはない。いくつかの絵は、とくにそれらの絵に合わせてデザインされた部屋に飾ってある。例えば普通十八世紀のフランス絵画は苦手だという人でさえ、ポンパドール夫人が拒否したという大きな壁画と、同時代の家具を備え付けたフラゴナールの部屋に入れれば、きっと肝をつぶすだろう。その隣りは、小さなブーシェの部屋だ。そこには彫刻だの天文学だの、大人の仕事に身を入れている子供たちを描いた絵がかかっている。食堂には、イギリス家具があり、ホガース、ゲインズボロー、レイノルズなどの絵がある。他の美術館へもってゆけば、その美術館の非常な名誉となるような素晴しい絵が沢山、なんと廊下に、いかにもさりげなくかかっている。ある廊下には、フェルメールの絵が二つ、それに近い階段の足元、ほとんど人目に触れないような場所に、素晴しいルノワール。メイン・ギャラリーには、レンブラントがいくつか、ヴェロネーズの絶品が二つ、ヴェラスケスが一つ、そしてそのほか私の好きな画家が、目白押しに並んでいる。私は現にこの稿を書いている今でも、これらの作品を一つ一つ、眼前に見ることができる。そしてどの絵がどの絵の右にあるとか、左にあるとか、そうした配列関係まで、想い出せるのである。だから、美術館のディレクターがよくやることだが、もし美術館の方針で、勝手に絵が動かされでもするようなことがあれば、私はいつも腹が立つ。だがどんなに目先の変わったことの好きなディレクターでも、よもやあのエル・グレコの大きな肖像画を、その定位置であるマントルピースの上から、またそれをはさむホルバインの二作を、やはりその定まった位置から、そしてホイッスラーの肖像画四作を、わざわざそのために作った円形展示場から、他所《よそ》へ動かすようなことはあるまいと思う。

フリック・コレクションは、全館廻ってもただの一時間そこそこで見ることができる。勿論絵画に深い興味を持つ人なら、どれか一つの傑作の前に立ちつくして一時間ついやしてもよい。だがこの美術館には、質の悪い作品が皆無で、しかも同じような傾向の作品が集められているせいでもあろうか、私の知る他の美術館のどれと較べても、もっとも気楽な気持で出かけられる。今だに憶えているけれど、他の美術館で、私はこれとは逆の感情を経験したことがある。それはルーヴルのグランド・ギャルリの入口に立って、出口に辿り着くまでに見なければならぬすべての作品のことを思う時に、いつも感じる気持——不安感、それにやり切れない疲労感さえ――である。

メトロポリタン美術館は、もしかすると世界で一番疲れる美術館かもしれない。これより大きな美術館は他にもある。だが芸術品の多様さという点では、おそらくメトロポリタンを凌駕《りょうが》するものはどこにもあるまい。例えばルーヴル、あそこには、別の建物にこそかかってはいるが、フランス印象派の絵画がない。またこれもパリの別の場所に展示されてはいるけれど、中国とイスラム芸術の分野で、あまりものがない。ところがメトロポリタンには、まさにあらゆるものが入っている。だから、疲れをさけるただ一つの方法は、今日は中世の武具だけ、あるいはギリシャの瓶《かめ》だけ、あるいはルネサンスの絵画だけ、というふうに、予《あらかじ》めその日に見るものの範囲を絞っておくことである。この春私はいくつかの特別展――朝鮮美術、ウインザー城王室コレクションからきたダ・ヴィンチ素描――を見に行ったし、十九世紀フランス美術の膨大な展示を、どうにか一巡してきたものだ。イスラム美術のコレクションは、いくつかの新しい展示室に展示し直してあったが、その展示室の設計たるや、心にくいほど配慮の行き届いたもので、その技術的成果も抜群であった。例えばペルシャの細密画が見たいと思えば、ガラス張りケースの前に並べてある、かけ心地のよい椅子のどれかに腰掛け、心ゆくまで鑑賞できる仕組みになっている。中国庭園が新しくできていた(しかしこれにはあまり感心しなかった)。そして新しい日本室が、近く開設されるという。この美術館は、絶えず外に向かってずんずん拡大している。そのことが、美術館の侵略から、セントラル・パークの草はその一本一本まで守りたいという人達の憤激を買っている。ついでに書いておくなら、今セントラル・パークの桜の木は、例の有名なワシントンの桜木立のそれよりもっと多い。何万人もの人波に揉《も》まれての花見なぞ真っ平御免、という日本人の方々には、セントラル・パークに花見と洒落てはいかがだろう。

今シーズンの演劇は例年になく質が上だということは聞いていたが、今年のニューヨークの芝居を、私は何一つ観ていない。コンサートなら、ひとりで行っても一向に平気だが、劇場へ行くには、誰か連れがほしい。だが演劇に関して私と好みを同じくする連れを見つけるのは、そう簡単ではないのだ。したがって私が観たものといえば、批評家が推すものは他にも沢山あったが、映画をただの二本きり。そのうちの一つが『影武者《かげむしゃ》』で、これはニューヨークでも(東京同様)賛否両論が入り混り、片方で馬鹿賞めする批評ありと思えば、もう片方では失望をかくせないというものもあった。一緒に行ったのは、大学の先生で、一人はイタリア美術、もう一人はギリシャ文学を教えている教授であった。二人とも前に一度この映画を観ていたけれど、二度目は私についてきて貰って、細かい所をいろいろ説明させようという魂胆だったのである。日本のプロパガンダがいわば私の仕事だから、画面に夢中になっているこの友人達を見て、当然悪い気持ではなかった。ところが私自身ときたら、ともすれば出てくる欠伸《あくび》を押し殺すのに大童《おおわらわ》のていたらく。もう一本は、フランス系カナダのもので、『厄介払《やっかいばら》い』という映画だった。これは俳優のしゃべるフランス語がなんともちんぷんかんぷんだし、それに、どう見ても典型的なアメリカのガソリン・スタンド、あるいはドライブイン・レストランにしか見えない建物に、フランス語の看板が出ていて、それが私にはなんとも奇妙で仕方がなかった。母親の愛情を一人占めしたい一心で、その求婚者を母親から引き離そうと画策する意地の悪い少女の話、という筋立にしても、格別興味を唆《そそ》られるものはなかった。ただこの映画のもつ一種の雰囲気に、なにか忘れ難いものがあったのは確かである。批評家の話では、今年最優秀の映画は、オーストラリア映画だそうだが、それも、私は一つも観ていない。観ていないおもな理由は、そういう映画は皆、地下鉄で楽に行けるような映画館にはかかっていなかったからだ。ニューヨークの地下鉄の気味悪さを認めるにはやぶさかではない。だがそれでもなお、私のようなニューヨーカーにとって、地下鉄は依然として私達の大事な主要交通機関なのである。

一九四〇年代のイギリス知識人

この春の新しい小説には、これといって傑出したものはなにもなかったように思われる。新しい傑作について教えてくれるような記事が出ていないかと、私は毎週新聞の書評に目を通すのだが、注意を惹《ひ》くものといってはなにもなかった。もう何年も前から、私は睡眠に入る前の時間を利用して、日本文学関係の仕事とは全く関係のない書物を読むことにしている。この春は、とくにどうという理由もなしに、主として一九三〇年、四〇年代のイギリスの事情を書いた書物を読んだ。こうした本の中に登場する主要人物中のいくたりかには、四〇年代の終り頃、私がイギリスにいた時期に知り合った人達があった。一番若い人でも、私よりは十五か、それ以上年上だったが、この人達が抱いていた感情の少なからずは、私にもよく分かったのである。

その人達について私が読んだイギリスの作家や知識人は、一九三〇年代にはその大半がマルキストで、共産党に入党していたものもあった。けれども結局全部なんらかの幻滅を感じて主義を捨てている。全般的に幻滅を感じたものや、またソヴィエトのフィンランド干渉だとか、ヒットラーとスターリンの間に交わされた独ソ不可侵条約だとか、そういった具体的な事件に触発されて幻滅したものもあった。一九五七年のペンクラブ大会の時に東京で初めて会った詩人のスティーヴン・スペンダーは、自分が生まれながらに享受していた特権に対する罪の意識と、しいたげられた階級への同情を感じていた典型的な三〇年代の上流イギリス人である。ファッシズムの勃興に脅威を感じたスペンダーは、他のイギリス知識人達と共に内戦中のスペインに赴いたが、不正や非行は双方にある、ということが分かっただけであった。結局彼は共産党を離れて、以後は公然たる反共派になっている。この過程は、政府の圧力に屈して、スペンダーと大体同じ時期に「転向」した日本の作家達のとった過程とは異なっている。スペンダーは、どんな時期にも確信党員だったことはなさそうだし、離党の決意にしても、彼の自由意志によるものだったのである。

私には、スペンダー達の敵、つまりイギリス上流階級よりも、スペンダーや、彼と軌を一にする三〇年代のイギリス知識人のほうに、もっと素直に共感できる。一九三〇年代のイギリス上流階級の傲慢さといえば、その痕跡が今日までも執拗に続いていなかったとしたら、とても理解しにくい位、ひどいものだったのである。この春私は、シットウェル三人姉弟——イーディス、オズバート、サッチヴェレル

——のことを書いた書物を読んだ。この三人のうち私が会ったことがあるのは、一番穏やかなサッチヴェレルだけである。ニューヨークで会ったのだが、それは、彼が自分の日本訪問に材を取った『錦帯橋《きんたいきょう》』という本についての私の書評が新聞に出た直後であった。私は彼のその本に関して、あまりいいことを書かなかったのだが、サッチヴェレルは、どうやらその書評に気がついていなかったらしい。どちらにしても、会って話している間中、日本のことは一言《ひとこと》も話題に出ることなく、まことに気持のよい会談であった。

兄さんのオズバートのほうは、同じ貴族でも、弟とは全く出来の違う貴族だったらしい。今の家の玄関の間《フォワイエ》に大きな壺をすえておいて、自分の書物についての書評は、全部その中に放り込んでおいたのだという。そして彼に対してなにか批判がましいことを書いたものは、誰であろうと赦すことがなかった。彼のことを出来るだけ好意的に書いた伝記でも、読んでいてオズバートという人のもつ、どことなく嫌味な冷たさ、高慢さが伝わってくる。いわゆる下の階級の人間に対してオズバートが取った態度、また自分の家柄に関して彼が抱いていた見苦しいまでのプライド、などについて読む時、私は嫌悪の身震いを禁じ得ないのである。

三人の中で一番興味深い人物は、イーディスである。少女時代すでに異様な風采だったという。しかし自分の異様さをかくそうとはしないで、中世期の服や帽子を身につけ、かえってそれを強調したのである。長い間、貧乏暮らしが続いて、食物もろくろく食べず、ボロ服を着て通し、作家として認められることも少なかった。だが自分がエリート階級の一員だという彼女の確信は、何物もゆるがすことはできなかった。それにしても、彼女が、第二次大戦前に重要な作品をほとんど書いていない、というのは驚きである。だが彼女、そしてその弟達も、共に知名人であって、まこと真の貴族らしく、自分達のすることにはすべて誤りなし、と確信していたのである。

その時代のイギリス知識人達の中で、一番著名なグループといえば、例のブルームズベリー・グループとして知られているグループ。ケンブリッジ大学と何等かのつながりをもつ様ざまな男女からなり、ロンドンのブルームズベリーという区画に、彼等は住んでいた。ヴァージニア・ウルフの小説は、過去三十年間、いやそれよりもっと長く、私の愛読書であり、彼女のエッセイも非凡なものだ。だがそれも今年の春以来彼女に対する親密感がかなりうすらいできた。つまり、レオナード・ウルフとの結婚生活を描いたある書物を読んで、つねに彼女がいかに狂気と紙一重の、危い状態にあったかを知った時である。夫に対する彼女の態度たるや——他人の面前で彼女が夫のことに言及する時のその呼び方さえ——彼が彼女につかえ、妻を救済することに自分の生涯と、その並々ならぬ才能を捧げた事実を、少なくとも折りにふれて認めてはいるものの——まさに彼女が属していた上流階級根性丸出しのものであった。

シットウェル姉弟のことを書いたものや、そしてブルームズベリー・グループのことを書いたものに登場する人物を、私はいく人か知っている。とくにアーサー・ウエーリ、中国および日本文学の偉大な翻訳家である。私と話していて、どちらのグループについても、彼はなにも言ったことがないと思う。だが彼はどちらのグループにも近かったのである。イーディス・シットウェルは、彼女の著書『英国奇人《イングリッシュ・エキセントリックス》伝』の中で、ウエーリのことに数頁を費やしているが、その中に、私にはどうしても眉に唾をつけたい逸話が一つある。シットウェル家の父祖伝来の屋敷に泊っていた時のことだ。ある晩、彼女は、ウエーリのベッドのわきに、どこの国の言葉とも知れぬ言語で書いてある一冊の書物をわざと置いておいた。いろいろ難しい言語を知っているこの学者を、一つ困らせてやれという魂胆である。そこであくる朝、昨夜の本はいかがでした？　と彼に訊いてみた。するとウエーリ答えていわく、「たいした本じゃなかったね。初めからしまいまで、（猫が寝巻きを着て寝っころがるとか、そんなような）ナンセンスばかり書いてある」。結局その書物、トルコ語の初歩教本だと判明した。ところで、ウエーリが実に多くの言語を知っていること、これは誰にも疑えない。しかしトルコ語まで読めたということは、果たしてどうだろう？それに、トルコ語の初歩教本だったとしたら、一体なぜトルコ語で書いてあったのだろう？　すでにトルコ語を知っているものにしかそれは読めないはずではないか。しかし物事の「真相」など、シットウェル姉弟にとっては、「神話」に比べると、まさに屁《へ》のようなものでしかなかった。この場合、肝心なのは、あらゆる言語に通じた偉大な奇人、アーサー・ウエーリという「神話」だったからだ。

もう一つ、これは同じ本の中に出てくるもっと信用できそうな逸話だが、それによると、アーサー・ウエーリと、シットウェル嬢の父君とが、シットウェル家の庭園をよく散歩したが、一人は時計廻りに歩き、もう一人は反対廻りに歩いた。鉢合せするたびに、毎回二人は丁寧な挨拶を交わして、二人が同じ方向に廻っていないことについて遺憾の意を表したという。この逸話は、ウエーリについての私の記憶とも、完全に相容れるものである。

私がケンブリッジ時代に知っていたE・M・フォースターは、ブルームズベリー・グループの中でも傑出したメンバーであった。初めて彼に会った頃、彼はすでに小説を書くのを止めてもう何年にもなっていた。とはいえ彼は、イギリスの主要小説家の一人だとまだ一般に思われていた。会えばいつも気さくで、愛想がよかったけれど、自作について話すのが嫌いな人だったから、ある日全く偶然に、二人ともイタリア・オペラが大好きだということが判るまでは、共通の話題を見つけるのが必ずしも楽ではなかった。以後会えば必ず、コヴェント・ガーデンにかかっている新しいオペラだとか、新しいレコーディングだとかの話に身を入れ、もはや神話になっていたブルームズベリー・グループの話なぞ、おくびにも出すことはなかった。

田園に住むイギリス人は最高に幸せそうだ

ブルームズベリー・グループの一員、デイヴィッド・ガーネットと、私は特別のつながりがあった。彼には二十年前、ニューヨークで初めて会ったのだが、私は彼のことを、作家——私は彼の有名な作品、『狐《きつね》になった奥《おく》さん』に長い間夢中になっていた——としても、私が甚大な影響を受けたロシア文学の翻訳者コンスタンス・ガーネットの息子さんとしても知っていた。初めて会った時、ガーネットに好印象を与えようと、私は必死であった。ところが、これはあとで二人の共通の友人から聞いたことだが、私の努力は大失敗に帰したのである。つまり、私が大変気取り屋の若者だと彼は判断したわけだけれど、それも私がブルームズベリー・グループだったらこうも振舞うだろう、と勝手に推測したような振舞をしたからのことであった。しかし、私の親しい友人の娘さんがガーネットの息子さんと結婚したために、私のデイヴィッド・ガーネットとのつながりは、その時点で終らず、ずっとあとを引いたのである。今でも私は、イギリスに行けば必ず、ケンブリッジのはずれのヒルトンという村にある、彼が今年の初めにそこで死んだ家を訪ねることにしている。去年のいつ頃だったか、彼の自伝の最終巻の書評が、『ニューヨーク・タイムズ』に出たことがあったが、そのとき私は、そのコピーを彼の義理の娘さんに送ってやった。決して好意的な書評ではなかったので、それを本人に見せるかどうかはどうぞ自分で決めなさい、といっておいた。結局彼女は見せなかった。

ヒルトンの彼の家には、ブルームズベリー・グループを思い出すよすがの品が溢れている。廊下には、グループのメンバー四人の胸像が飾ってある。ヴァージニア・ウルフ、妹のヴァネッサ・ベル、リットン・ストレチー、そしてデイヴィッド・ガーネットの像である。像をつくったのは、彫刻家のダンカン・グラントだったと思う。壁には彼の絵がいくつかかかっている。その家自体の年代は十七世紀の初頭に遡《さかの》ぼるが、以後何度も増築を重ねている。ジョージ王朝様式の「正面」に至っては、ほんの今世紀の初頭に付加したものだという。私は今年の五月にもこの家を訪れ、大変楽しい思いをしたが、それは単に親しい友人に取り囲まれているからというだけではなく、彼等の暖かく格式張らぬ暮らしぶりに魅せられたからである。家中本だらけ。暖炉はどれもこれも超大型で、人が頭を屈めずに、ずんずんその中へはいりこんでゆける位大きい。階段横の壁にも本がぎっしり並んで、壁には絵がかかっている。階段の段に奇妙な傾斜がついているのは、家のすえ方自体が破格だからである。家具はすべて年代物で、くたびれてはいるが、この家にはぴったりのものばかりだ。

この家も、この家の住人達も、シットウェル姉弟について私が読んで知り得たところとは、全く異なっている。明らかにこのことは、戦後イギリス人の生活が変化したことを物語っている。しかし同時に、現実と、現実の描写との間にはやはり違いがある、ということでも、それはあるのだろう。つまり、シットウェル姉弟の生活といえども、彼等の伝記作家達が書いているほどには、つねにいやらしいものではなかったのではないか。こんな家に足を踏み入れると、そこに住むことができる人が羨《うらや》ましくて仕方がない。

私はこのヒルトンで、陽光に溢れる素晴しい午後を過ごしたことがある。この村は、中心の広い公園《グリーン》を囲むように拡がっていったものだが、私が行ったその時期には、村中が黄金色に輝くきんぽうげの花で蔽《おお》われていた。この村にある家の様式は、実に多種多様。古めかしいかやぶきの家があるかと思えば、十八世紀めかした「正面」をもつ中世風の家、そしてどの時代に建ったとも知れぬ、小さくつつましやかな赤煉瓦の家々がある。鳥が歌い、子供達は公園《グリーン》で遊びたわむれている。公園《グリーン》の片側は迷路《メイズ》になっていて、中へ入るのは楽でも、外へ出るにはちょっと一苦労しなければならない。実はこの迷路、それほど錯雑しているわけではないのだが、村の子供達は、何世紀にも亘って、はるか遠い先祖と同じほどこれに魅せられてきたのである。公園《グリーン》の真中に立っていて、子供達が迷路の中でせっせと走り廻っているのが見えたが、その時私は思ったものだ、「こんな素敵なところに住もうと思えば住めるというのに、一体全体なんで私はニューヨークなんてところに住んでいるのか？」。本気でやってみれば、ヒルトンで家を見つけるのも、おそらく思うほど簡単なことではないだろう。それに他《ほか》の季節には、この公園《グリーン》も、魅力的どころか、ひょっとしたらもっとわびしく、物悲しく見えるかもしれない。同時に、このヒルトンのように牧歌的なところでさえ、とても長くはそこに住むことを許さぬような何物かが、私の心の中にあることも、私は気がついていた。

私が知る大方のイギリス人は、田園に暮らす時が、最高に幸せそうに見える。ロンドン生活を結構楽しんではいても、都会などは自分達の真のホームではなく、単なる一時的な仮の棲家だと思う傾向がある。多分これは、田舎の広大な土地に住んでいた紳士階級の、貴族的な伝統の名残りであろう。かりにそれがシットウェル姉弟や、その他の上流階級人士について書いたものの中に、ぞっとするほど不快な形で現れてくる時でさえ、彼等のこうした感情には、少なくとも真心がこもっている。

日本人もまた、自然を愛することでは世に知られている。そして多くの人が、先祖が住んでいた田舎への愛着を、今ももちつづけている。だが彼等自身の生活の基盤が都会にあることは疑えない。私といえども、その点は同じなのである。五月のあの明るい午後、ヒルトンに家を買うため必要な契約書に、たとえそのために東京のマンションを手放さねばならぬ羽目になったとしても、私は喜んで署名したであろう。だが私は、この幸福感も、決して長つづきするものではないことに確信がある。

きんぽうげの花も、かやぶきの家も、私は大好きである。裏庭からは野菜を摘み、他《ほか》の庭からは花を切ってくるという、典型的なイギリス・カントリー・ハウスの優雅な生活様式も好きである。汚い地下鉄はやはりいやだし、歩道に散らかるゴミや、街を歩く人相険悪な人物もいやである。車のたてる騒音も、排気ガスも真っ平だ。第一、騒音など、どんな騒音でもいやである。しかし私は、無数の人間や、彼等が育《はぐく》む芸術に取り囲まれて生きることの中に、なにか心躍るもの、必要なものさえ見出すのである。かりに私が、ヒルトンに住んでいるとしよう。そうすれば私は、新聞というものが絶対に読めなくなってしまうにちがいない。長い間見たい見たいと思っていたオペラの公演、お気に入りピアニストのコンサート、絵の展覧会など、そうしたものについての記事を読むのが恐ろしいからだ。そして都会にしかないような社交生活——趣味や関心を同じくする人々に会う喜び、遥かな国から来た人達と会う楽しみ、ずっと昔の知遇を新たにする喜び——のことを強いて考えまいとするにちがいない。

かりにいくらそうした努力をしてみても、私の田舎生活はとても長くは保《も》たないであろう。第一私は、バラ園を作るとか、猟犬を育てるとか、一人でいても夕食には正装するとか、そういったいわゆる貴族的な楽しみなど、なに一つとして持ち合わせていないからだ。どうやら私は、いつも他の人達と共にいるように出来ているらしいのだ。したがって、おそらく今後も、一年を東京とニューヨークに分けて住み、ほんの時たま田園に足を伸ばすという、今の生活を私はつづけるにちがいない。これからもずっと、大気汚染の記事には心乱《こころみだ》され、行きずりの人を冷酷に殺す、狂乱した通り魔の記事には、一瞬血も凍る思いをするだろう。イギリスのカントリー・ハウスを想い出したり、日本の草深い山里の家を想い出して、羨望の溜息を洩らすこともあるだろう。それでもなお、身も心もすり減らされる現代都会生活の見返りとして、特に都会が与えてくれる数々の喜びを、私は享受しつづけるにちがいない。

（金関寿夫・訳）

Ⅳ

仏教と国民性

〔一九八二・一二〕

仏教は国際的な宗教であり、東洋や東南アジアの至る所にお寺や仏教美術が残っていて、過去の長い歴史を物語っている。私にとっては、世界の三大不思議は、カンボジアのアンコール・ワット、ビルマのパガンとジャワのボロブドゥールであるが、三つとも仏教が創造した偉大な「都」のようなものである。現代の観光客がジャングルの中でみごとな遺跡をちょっと見ただけでも言いようのない興奮を覚えるが、日本人の場合、どんなに敬虔な仏教徒であっても、宗教的な感動を起こさないだろう。仏教はインドを発祥地としており、日本に着いたのは割合に遅かったが、お寺と言うと、東南アジアで見かけられるような建築は先ず目の前に浮かんで来ない。お寺はやはり日本のお寺に似ていなければ、お寺の感じがしないだろう。

東南アジアの国々のお寺を見て行くと、仏教の多種多様に驚く他はない。勿論、大乗仏教と小乗仏教の美学的表現が当然違っているが、それだけの問題ではない。

私が初めて小乗仏教に出会ったのはスリランカであった。運良く、キャンディのダラダ・マリガワ寺院で「仏歯」を示現する儀式に出席することができた。仏歯は七重の黄金の箱に囲まれ、一つずつ箱を取り外すと、より小さい、宝石を多く鏤《ちりば》めた箱が現れてきた。最後の箱を取り外すと、大きな黄色い歯が見えた。隣りのスリランカ人が小さい声で「あれが本当に仏陀の歯なら、人間よりも虎に似ていたでしょう」と私に囁《ささや》いた。しかし、仏歯を拝んでいる僧侶や一般の信者の顔には、舎利を疑うような気配は全くなく、表情は敬虔そのものであった。

その寺院に変な匂いがしたが、石畳のところどころに赤い染《し》みがあった。何だろうと思ったら、私の側で歩いていた黄衣の僧侶が出し抜けに赤い液体を吐いた。キンマという木の実を齟《か》んでいて、唇も歯も赤く染まっていた。日本で経験したことがない宗教の生臭さを知った。

スリランカのアヌラーダプラの僧院で日本の仏教と全く違う仏教のもう一つの面に出会った。石材建築の大きなお堂に飾りが全然なかった。案内人にその理由を聞いたところ、実は一個所に花や樹の模様が美しく彫ってある石があった。それは不浄の石であり、美術に対する信者の侮蔑を現わしていた。ビルマでも、僧侶として仏像を描くことは現在でも罪のように思われているそうである。

日本の仏教と比べると相当の違いがある。空海《くうかい》の『請来目録《しょうらいもくろく》』（八〇六年）では、密教仏教の経典は極めて難解であるので、仏教美術に頼らなければその意味を伝達することは不可能であると書いてある。空海自身は書道家としてだけでなく、彫刻家や画家としても名を残している。

日本の真言宗のあらゆるお寺には「伝弘法大師《こうぼうだいし》作」という仏像が安置されている。京都の珍皇寺《ちんのうじ》の境内にある数多い石造の地蔵像は、弘法大師が一夜で作ったと言われている。奇蹟としても信じがたい話ではあるが、仏像が偉大な宗教家に彫られたという伝説は日本仏教を表していると言える。

アンコール・ワットのすばらしい彫刻を誰が彫ったのか、何も学説がないらしい。ボロブドゥールの彫刻家も無名である。が、珍皇寺にある、芸術的価値のない石仏は全部「伝弘法大師作」となっている。何という皮肉であろう。

東南アジアの仏教美術は世界的なものであった。が、現在、仏教そのものが盛んであるのに、見るべき仏教美術は皆無である。瀬戸物のかけらを貼ってあるバンコクの塔は遠くから見ると確かに美しいが、近づいたらディズニーランドを思わせる。

昨年マレーシアを旅行したが、ペナンの仏閣ほど趣味が悪くて醜いものは他には少ない。ペナンの人口の大多数は華僑《かきょう》であるので、お寺は大乗仏教であるはずだが、ビルマ寺やタイ寺という名前がついているので、多分、小乗仏教的な要素が大部混入しているのだろう。また、道教も融合しているかも知れない。不純な宗教に違いないが、数多い参拝者はお寺の彫刻等の悪い趣味に何の違和感も持っていないようであり、むしろありがたいと思っている。

美術ばかりではない。蛇寺という仏閣では数々の生きている毒蛇が祭壇にまつわりついている。人を咬《か》まないそうであるが、不気味なものである。日本のお寺なら毒蛇は勿論のこと、百足《むかで》さえ見られない。その代り、ペナンのお寺に瀰漫《びまん》する人間臭さは日本のお寺と余り縁がない。スリランカやビルマやマレーシアのお寺に入ると、これが仏閣だろうかと思うことがあるが、こういう国の人々が日本のしーんとしたお寺に入ったら、仏様が不在であると思うかも知れない。「アジアは一つである」と岡倉天心《おかくらてんしん》が書いたことがあるが、私は賛成できない。アジアの各国はそれぞれ違い、その相違がその国の仏教にも投影されているように思う。

『弘法大師請来目録』を読む

［一九八三・三・二〇］

日本文化史の形態を理解しようとする場合、空海の『弘法大師請来目録』ほど有意義な文献は少ないと思う。もともと、あまり長くない（漢文の原文は僅か六ページに過ぎない）この作品の三分の二以上は無味乾燥なお経や陀羅尼《だらに》や真言《しんごん》のリストに占められており、残る三分の一の散文は繰り返しが多いので、全体として面白い読みものとは言えないが、空海と恵果和尚《けいかおしょう》との師弟関係がみごとに描かれており、日本仏教——特に密教——のさまざまの特徴が極めて簡潔な文章に表されている。『弘法大師請来目録』の中で空海は中国へ渡り、長安《ちょうあん》で青龍寺の恵果和尚に遇って弟子になったいきさつを二回も述べている。冒頭にある描写は当時の平城《へいぜい》天皇にたてまつった表であるためか、インド、中国と日本の君主と仏教との関係に重点を置いている。中国では玄宗《げんそう》皇帝は仏教のことを聞いてから信仰生活に入り、寝食を忘れた。そして空海が中国行の危険な旅を無事に終えることができたのは日本の天皇のお蔭であったと述べている。「伏しておもんみれば、皇帝陛下、至徳天の如く、仏日高く転ず。人の父、仏の化身なり」。これは難解な文章であるが、天皇陛下の至徳は天の如くであり、仏は太陽のようにますます高く昇る。天皇は人民の父であり、仏の化身である、というような意味であろう。あるいは天皇の保護のもとに大日如来――つまり真言仏教――がますます盛んになるだろうと予言しているかも知れない。仏教と皇室との密接な関係を唱えている。

恵果と空海の運命的な出会い

『弘法大師請来目録』の最後に乗っている自伝には政治色が全くなく、もっとも面白い。長安に滞在していた空海は数々のお寺の名僧を訪ねたが、ある日、偶然、恵果和尚に遇った。恵果は大変偉い僧侶であり、インドで密教を習ってから中国三代の皇帝に灌頂《かんじょう》を授けた不空三蔵《ふくうさんぞう》の弟子であった。恵果は空海を見るやいなや、大いに喜んで、「我れ先より汝《なんぢ》が来ることを知りて相待つこと久し。今日相見ること大に好し、大に好し」と言った。残されている生命があまりない恵果は何よりも密教を伝えたいと思っていた。恵果には中国人の弟子が多勢いたが、密教の深遠な教義を充分理解できる人はいなかったので、日本から若い僧侶が来るまで恵果は直弟子にも密教の教義の一部しか伝えなかった。

恵果は空海の顔を見た瞬間、直感的に長年待っていた弟子が来たと思った。ようやく後継者を見付けたことを大いに喜び、少しでも早く秘伝を伝えたいという気持ちにかられ、「速やかに香や花を準備して灌頂壇に入ってくれ」と空海に命じた。

師が選ばれた弟子だけに秘伝を伝えることはいかにも日本的であろう。密教の場合、適当でない人物に最高の教義を伝えたら、教義そのものを歪曲する結果になる恐れがあり、目的を達成するためには弟子の資格をよく吟味した上でなければ伝えられない。芸術の場合でも、一子相伝という伝統が生まれたのは同じ考え方によるだろう。だんだんあらゆる芸術に秘伝がまつわって来て、和歌にしても、書道にしても、能楽にしても、「奥義」ができた。中でも、「古今伝授《こきんでんじゅ》」が『古今集』の奥義として相伝がきびしく限られていた。時には天皇でさえ、三十歳に満たないという理由で「古今伝授」を学ぶことが許されないことがあった。「古今伝授」の最も有名な部分は「切紙《きりがみ》」というが、現在、活字になっているので誰でも読めるが、実につまらないものである。が、秘伝という根強い伝統があったために、長いこと「古今伝授」は「神国の秘事」としてどんな歌論よりも尊敬されていた。

現在でも秘伝が少なくない。能の秘曲を舞いたいと思ったら相当の才能と資金の持ち主でなければ無理であろう。芭蕉は珍しい例外で、蕉風の秘伝を書かなかったが、芭蕉の死後、自分こそ芭蕉から秘伝を伝達されたと言うような人が現れて、芭蕉の秘伝を捏造《ねつぞう》することも辞さなかった。徳川中期に、蘭学が盛んになった頃、オランダの百科辞典を手に入れた日本人は、あらゆる技術が丁寧に説明されているのに驚き、秘伝がないとしたら西洋の師匠たちはどうして生活ができるだろうかと不思議がった。確かに、日本と比べると、西洋には秘伝が非常に少なく、師と弟子とのつながりも日本ほど有機的ではない。逆に、西洋の芸術の場合でも、日本での教え方は家元的になって秘伝的になりがちである。

『弘法大師請来目録』は二回にわたって芸術に直接言及している。一回目は、空海自身の見解として述べられている。「密蔵深玄にして翰墨《かんぼく》に載せがたし。さらに図画を仮りて悟らざるに開示す」つまり、「密教の教義はあまりにも深遠であるので、なかなか言葉では表現できない。悟っていない人にその教義を開示するには図画を使うべし」。二回目は恵果の教訓として伝えられている。「真言秘蔵は経疏に隠密にして、図画を仮らざれば相伝すること能《あた》はず」と。

これらの発言の裏には仏教と美術の関係が暗示されている。仏教美術はお寺を美化するものではなく、お経の難解な文章に隠れている真実を知るのに何よりも頼りになる。ヨーロッパの教会の外壁に彫ってある聖書の場面は文盲の人にキリスト教を教える役割があったが、恵果が、「図画を借りなければ相伝することができない」と言った時、文盲のことを考えていなかっただろう。学識豊かな僧侶の場合でも図画の力を借りる必要がある。

そこから日本仏教の特徴の一つである美学が生まれたと思われる。平安朝の貴族階級の女性たちは法華経《ほけきょう》の文句が書かれている扇子を使いながら涼しい風とお経の御利益を受けたが、扇面は文字ばかりでなく、風俗画や花鳥画で装飾されていた。平安朝末期に出来た平家納経《へいけのうきょう》の美しさは言語に絶する。

曼荼羅の中にひき込まれる

真言美術と言えば、何より先ず曼荼羅《まんだら》が浮かんでくる。「密教は曼荼羅の教えである」と真鍋俊照《まなべしゅんしょう》氏が書いたほどである。他宗教の場合、ある絵画の「教え」として説明できるだろうか。正直に言って私は長年美術品としての曼荼羅にはあまり興味がなかった。お寺や美術館で曼荼羅を見た時、ぼんやりした大変複雑な構造だという印象しか受けなかった。ところが、数年前に、石元泰博《いしもとやすひろ》氏が撮影した教王護国寺蔵両界曼荼羅展を見た時、曼荼羅のすばらしさを発見した。細部を引伸した写真を見て一尊一尊の顔や持ち物が区別でき、その上、曼荼羅全体が一つの世界を作っているということが分かるようになった。展覧会の画廊の一番奥のところにある曼荼羅全体の写真がいくつかの鏡と組み合わされ、見物人は自分が曼荼羅に入ろうとしているという幻想を起こした。曼荼羅は美しいものであるが、その中に飛び込むという気持ちが怖かった。恵果の言葉の意味が身に染みるほどよく分かった。

仏教と美術の連係は必然的なものではない。三十年ほど前に、スリランカのアヌラーダプラの僧院を訪ねたことがある。石材建築の大きなお堂に飾りが全然ないことに驚き、案内者にその理由を聞いてみた。実は一個所に花や樹の模様が美しく彫ってある石があった。それは不浄の石であり、美術に対する信者の侮蔑を表していた。日本仏教の伝統とは明らかに違っている。

『請来目録』に描かれているように、恵果和尚は空海に曼荼羅、密教のお経や供養の道具をくれてから、早く日本へ帰って「国家に奉り、天下に流布して、蒼生の福を増せ……これすなわち仏恩を感じ、師恩を報ず。国のためには忠なり、家においては孝なり」といういかにも儒教的らしい訓示をした。これは空海に対する恵果の最後の教訓であったが、亡くなった日の夜、和尚が道場で持念している空海の前に現われ、「我と汝と久しく契約ありて、誓って密蔵を弘む。我れ東国に生まれて必ず弟子とならん」と告げた。

何というすばらしい美談であろう。不空三蔵というインド人から学んだ教義を中国人である恵果が日本人である空海に伝え、自分が日本人として生まれ変わったら、今度は空海の弟子になろうと言う。密教の普遍性と永遠性を伝える比喩的物語として最高の示唆に富み、文学的にも優れている。若き空海の自画像として読者の記憶の中に長くとどまるものである。

山片蟠桃の「鬼」に捧げる辞

［一九八三・三・一六］

大阪府が新しく作った山片蟠桃《やまがたばんとう》賞を受賞したという吉報があった時、無論大いに喜んだが、一種の不安もあった。山片蟠桃（一七四八―一八二一）という大阪の町人思想家の名前を確かに聞いたことがあったが、作品を読んだ覚えもなく、コロンビア大学の学生のころ、恩師の角田柳作《つのだりゅうさく》先生から蟠桃のことを聞いたことがあるという、かすかな記憶しかない。果たして山片蟠桃に因《ちな》んでできた賞をいただく資格があるかどうか、少し迷ったが、あとからでも勉強ができると、自分自身に言い聞かせながら快諾した。

蟠桃の思想は『夢《ゆめ》の代《しろ》』というライフワークに含まれており、享和二年（一八〇二）から文政三年（一八二〇）の十八年間にわたって書かれたらしい。もともと出版する意図がなく、自分や仲間のために書いたものであるが、「日本思想大系」（岩波書店）に載っている二段組みのテキストは四百七十四ページの長さに及んでいる。

正直に言って、私はまだ全部を読むような時間に恵まれておらず、面白そうな部分を狙ってみたに過ぎない。文学の作品とは違い、構造らしい構造もなく、繰り返しも多い。文体は決して洗練されたものではなく、カタカナばかり使用されているので、何となくぶっきら棒な印象を与える。

しかし、実に読みやすい、面白い本であるので、読みながら著者であった山片蟠桃に対して相当の親しみが湧《わ》き、しまいにわれわれにとっては最高の褒《ほ》め言葉である「近代人」という称号が付けたくなるくらいである。

確かに、当時の定説を疑ったり、否定したりするところは魅力的であり、先輩の学問を軽蔑《けいべつ》する口調のはげしさも「近代的」である。「地理ノコトニヲヒテハ、古ヘサマ〴〵ノ説アリテ、ミナ妄説ナルコト、今ヲ以テ引合セミルベシ」のようなくだりは、新しい学問の優秀さを感じさせるばかりでなく、過去の黄金時代をなつかしがったり、後世の堕落を嘆いたりした中世の思想家と違い、知識の進歩を信じていたことを示している。「後世ニ生レタルモノハダン〴〵ニ発明シテ、其智遠キニ及ビテ、天地ノコトアキラカニ、残ル隈《くま》モナクシルシタルヲ、居ナガラニ論説スルコト、幸ニアラズヤ」と論じた蟠桃は、過去にばかり心を向けていた有識家などとはどんなに違っていただろう。

ところが、蟠桃を私たち現代人の仲間に入れる前にもう少し彼の基本的な姿勢を確かめる必要がある。西洋人が「万国ヲ巡リテ、発明スルコトシルベカラズ」と書いた蟠桃は、明らかに西洋人の探検家に感心し、「ヤーパン」と称されていた日本を含めて世界中のすべての地名が「西洋人ニ名ヅケラレ」たことを「恥ベキニアラズヤ」と残念がったが、日本人が鎖国という制度を破って万国を巡って新しい知識を獲得することは勧めなかった。むしろ「居ナガラニ論説スルコト」に満足したのではないかと思われる。

無論、徳川幕政時代に鎖国を廃止することを公には推薦できなかったが、『夢の代』は初めから公に発表するつもりではなかったはずである。たとえば蘭学者であった本多利明は寛政十年（一七九八）ころ同じように非公式の形で日本人が積極的に海外へ進出し、日本の首都をカムチヤトカへ移すことを主張している。

蟠桃は利明に負けないほど、西洋の学問に傾倒していた。蟠桃は、西洋の諸国ではインド、日本や中国の「文盲」と違い、「杜撰《ずさん》・妄説・詐欺《さぎ》ヲ禁ジ、実地ヲ蹈《ふま》ザレバ書《しる》スコトナシ、ユエニ此学ヲ以テ正トスベシ」と書いたが、同じ調子で「西洋ノ人々ハ、天下万国ニ渡リテ、天文ヲ明ラメテ地理ヲ察シ、世界ノ大キナル全体ヲ弁《わきま》へ、忠孝仁義ノコトハ本ヨリ、致知格物《ちちかくぶつ》ノコトノミニ耽《ふけ》リテ、諸芸・諸術ノ無用ノコトニ日ヲ費スコト」がないと述べて礼賛を惜しまなかった。

蟠桃は、西洋人は実用を重んじ、無用の芸術などのために時間を費やさなかったと信じたが、「忠孝仁義」と西洋的な合理思想とのつながりが不明であり、致知格物という表現には西洋の自然科学よりも朱子学《しゅしがく》の匂《にお》いが強い。

要するに、蟠桃はどれほど西洋かぶれになったとは言え、あくまでも儒学者であり、蘭学者ではなかった。

蟠桃の無神論ないし唯物論は、『夢の代』で最もよく知られている「無鬼」の上下巻に唱えられている。蟠桃自身は、「無鬼ノ論ニ至リテハ、余ガ発明ナキニシモアラズ」と自負し、仏教学者や国学者に対し霊魂不滅を否定したことは彼の思想の顕著な特徴であろう。

もともと、孔子《こうし》を始め、儒学者の多くは霊界に余り触れたがらなかったし、また、源了圓《みなもとりょうえん》氏は、蟠桃が鬼神を祭ることの誤りを指定した部分――「コノ眼中ノクモリ取ラザレバ、無益ノ鬼神ニ役セラレテ一生疑惑ヲ免カルコトナク、人ノ人タル道シラズシテ、昼夜千辛万苦シテ死シテ後止ムニ至ル、悲イ哉」――を「儒教の霊魂観の最も純化した姿であり、孔子の真意を最もよく把《と》えたものである」と評価している。

蟠桃は松島《まつしま》や中尊寺《ちゅうそんじ》へ旅行したが、『おくのほそ道』には触れていない。『源氏物語』や『伊勢物語』や『忠臣蔵』等は事実に反する笑うべきものと思い、「猿楽《さるがく》、茶ノ湯益ナキノミナラズ、害ヲナスコト亦《また》多シ」と気が付かない日本人は、「実ニ忠孝仁義ヲ学ビテ、身ヲ修ムルコトモナシ得ズ」と判断した。無用の諸芸が大好きである私は、蟠桃先生が最も軽蔑したような人間である。が、山片蟠桃賞の受賞者として不肖でありながら、蟠桃の人物と作品に惹かれており、彼の「鬼」さえ存在すれば、芸術の無用などについてゆっくり議論したいという気がしてならない。

あとがき

此の本に収録されている原稿の多くは、一九八二年八月に朝日新聞の客員編集委員になってから書かれたものであるが、これらの原稿と関連したテーマを取り上げた雑誌記事や講演も付け加えることにした。言うまでもなく、これらの原稿は、日本文化の体系的な研究ではない。研究よりも日本文化のさまざまな現象を通して書いた自伝であると言った方が好いかも知れない。

完成した原稿を読み直してみると、文体が統一されていないことに気がつく。少なくとも四種類の文体が見られる。即ち、日本文で書いた原稿、日本語で行った講演、日本語で話したものを編集者が校正し纏《まと》めた文章、英文で書いた原稿の和訳という四種類がある。

文体を統一しようと思ったら、できないこともないが、自伝を違ったものにしてしまうので、読者のお許しを請いつつ、このまま出版することにした。文体の表面が違っていても、同じ人間による自伝の一部として読んで頂ければ幸いである。

一九八三年四月八日　ドナルド・キーン

日本人《にほんじん》の質問《しつもん》　朝日文庫

2018年2月28日　第1刷発行

著　者　ドナルド・キーン

発行者　友澤和子
発行所　朝日新聞出版
〒104-8011　東京都中央区築地5-3-2
電話　03-5541-8832（編集）
03-5540-7793（販売）
印刷製本　大日本印刷株式会社

Published in Japan by Asahi Shimbun Publications Inc.
定価はカバーに表示してあります

ISBN978-4-02-261873-3

落丁・乱丁の場合は弊社業務部（電話03-5540-7800）へご連絡ください。
送料弊社負担にてお取り替えいたします。

瀬戸内　寂聴
老いを照らす
美しく老い、美しく死ぬために、人はどう生きればよいのか。聞くだけで心がすっと軽くなる寂聴尼の法話・講演傑作選。《解説・井上荒野》

池澤　夏樹
終わりと始まり
いまここを見て、未来の手がかりをつかむ。沖縄、水俣、原子力、イラク戦争の問題を長年問い続けた作家による名コラム。《解説・田中優子》

清水　良典
増補版　村上春樹はくせになる
何度も現れる「闇の力」は何を意味する？　主要作品の謎とつながりを読み解く。デビューから『多崎つくる〜』まで、主要なハルキ作品を網羅。

ドナルド・キーン
二つの母国に生きて
来日経緯、桜や音など日本文化考から、戦争犯罪、三島や谷崎との交流まで豊かに綴る。知性と温かい人柄のにじみ出た傑作随筆集。《解説・松浦寿輝》

伊藤　比呂美
読み解き「般若心経」
死に逝く母、残される父の孤独、看取る娘の苦悩。苦しみの生活から向かうお経には、心を支える言葉が満ちている。《解説・山折哲雄》

萩尾　望都
一瞬と永遠と
人生の意味、雪の情景、忘れ得ぬ編集者、手塚治虫ら様々な表現作品への思い——。独特の感性と深い思索に圧倒されるエッセイ集。《解説・穂村　弘》